佐島 勤
Tsutomu Sato
illustration／石田可奈
Kana Ishida
illustrator assistant／ジミー・ストーン、末永康子
design／BEE-PEE

KEYWORDS

FAIR －フェアー

表向きはFEHRと同じく、USNAで活動する反魔法主義者から同胞を守るための団体。

しかし、その実態は魔法を使えない人間を見下し、自分たちの権利のためには暴力を厭わない、魔法至上主義の過激派集団。

秘匿されている正式名称は『Fighters Against Inferior Race』。

進人類戦線

もともとFEHRのリーダーであるレナ・フェールに感銘を受けた日本人が作った反魔法主義から魔法師を守ることを目的としている団体。

暴力に訴えることを否定したFEHRに反して、政治や法が魔法師迫害を止めてくれないのであれば、ある程度の違法行為は必要と考え行動している。

結成時のリーダーが決行した示威行為が原因で、一度解散へと追い込まれたが、非合法化組織として再結集した。

新人類でなく進人類なのは、「魔法師は単に新世代の人類なのではなく、進化した人類である」という自意識を反映したものである。

レリック

魔法的な性質を持つオーパーツの総称。それぞれ固有の性質を持ち、長らく現代技術でも再現が困難であるされていた。世界各地で出土しており、魔法の発動を阻害する『アンティナイト』や魔法式保存の性質を持つ『瓊勾玉レリック』などその種類は多数存在する。

『瓊勾玉レリック』の解析を通し、魔法式保存の性質を持つレリックの複製は成功。人造レリック『マジストア』は恒星炉を動かすシステムの中核をなしている。

人造レリック作成に成功した現在でも、レリックについては未だに解明されていないことが多く存在し、国防軍や国立魔法大学などで研究が進められている。

世界最強となった兄と
兄へ絶対的な信頼を寄せる妹。
彼らが理想とする社会実現のための一歩を踏み出した時、

混乱と変革の日々の幕が開いた——。

続・魔法科高校の劣等生

メイジアン・カンパニー

The irregular at magic high school
Magian Company

2

佐島 勤
Tsutomu Sato

illustration
石田可奈
Kana Ishida

司波達也
しば・たつや

魔法大学三年。
数々の戦略級魔法師を倒し、その実力を示した
『最強の魔法師』。深雪の婚約者。
メイジアン・ソサエティの副代表を務め、
メイジアン・カンパニーを立ち上げた。

司波深雪
しば・みゆき

魔法大学三年。
四葉家の次期当主。達也の婚約者。
冷却魔法を得意とする。
メイジアン・カンパニーの理事長を務める。

アンジェリーナ・クドウ・シールズ

魔法大学三年。
元USNA軍スターズ総隊長アンジー・シリウス。
日本に帰化し、深雪の護衛として、
達也、深雪とともに生活している。

九島光宣
くどう・みのる

達也との決戦後、水波とともに眠りについた。
現在は水波とともに衛星軌道上から
達也の手伝いをしている。

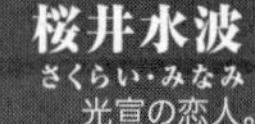

桜井水波
さくらい・みなみ

光宣の恋人。
光宣とともに眠りにつき、
現在は光宣と生活をともにしている。

藤林響子
ふじばやし・きょうこ

国防軍を退役し、四葉家で研究に従事。
2100年メイジアン・カンパニーへと入社する。

遠上遼介
とおかみ・りょうすけ

USNAの政治結社『FEHR』に所属している日本人の青年。
バンクーバーへ留学中に、
『FEHR』の活動に傾倒し、大学を中退。
数字落ちである『十神』の魔法を使う。

レナ・フェール

USNAの政治結社『FEHR』の首領。
『聖女』の異名を持ち、カリスマ的存在となっている。
実年齢は三十歳だが、
十六歳前後にしか見えない。

アーシャ・チャンドラセカール

戦略級魔法『アグニ・ダウンバースト』の開発者。
達也とともにメイジアン・ソサエティを設立し、
代表を務める。

アイラ・クリシュナ・シャーストリー

チャンドラセカールの護衛で
『アグニ・ダウンバースト』を会得した
非公認の戦略級魔法師。

一条将輝
いちじょう・まさき

魔法大学三年。
十師族・一条家の次期当主。

十文字克人
じゅうもんじ・かつと

十師族・十文字家の当主。
実家の土木会社の役員に就任。
達也曰く『巌のような人物』。

七草真由美
さえぐさ・まゆみ

十師族・七草家の長女。
魔法大学を卒業後、七草家関連企業に入社したが、
メイジアン・カンパニーに転職することとなった。

西城レオンハルト
さいじょう・れおんはると
第一高校卒業後、克災救難大学校、
通称レスキュー大に進学。達也の友人。
硬化魔法が得意な明るい性格の持ち主。

千葉エリカ
ちば・えりか
魔法大学三年。達也の友人。
チャーミングなトラブルメイカー。

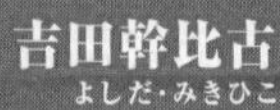

吉田幹比古
よしだ・みきひこ
魔法大学三年。古式魔法の名家。
エリカとは幼少期からの顔見知り。

柴田美月
しばた・みづき
第一高校卒業後、デザイン学校に進学。
達也の友人。霊子放射光過敏症。
少し天然が入った真面目な少女。

光井ほのか
みつい・ほのか
魔法大学三年。光波振動系魔法が得意。
達也に想いを寄せている。
思い込むとやや直情的。

北山雫
きたやま・しずく
魔法大学三年。ほのかとは幼馴染。
振動・加速系魔法が得意。
感情の起伏をあまり表に出さない。

四葉真夜
よつば・まや
達也と深雪の叔母。
四葉家の現当主。

葉山
はやま
真夜に仕える老齢の執事。

黒羽亜夜子
くろば・あやこ
魔法大学二年。文弥の双子の姉。
四高を卒業時に、四葉家との関係は公表されている。

黒羽文弥
くろば・ふみや
魔法大学二年。亜夜子の双子の弟。
四高を卒業時に、四葉家との関係は公表されている。
一見中性的な女性にしか見えない美青年。

花菱兵庫
はなびし・ひょうご
四葉家に仕える青年執事。
序列第二位執事・花菱の息子。

七草香澄
さえぐさ・かすみ
魔法大学二年。
七草真由美の妹。泉美の双子の姉。
元気で快活な性格。

七草泉美
さえぐさ・いずみ
魔法大学二年。
七草真由美の妹。香澄の双子の妹。
大人しく穏やかな性格。

ロッキー・ディーン

FAIRの首領。見た目はイタリア系の優男で、
好戦的で残虐な一面を持つ。
恒星炉に使われる人造レリックを盗み出すよう
指示を出した張本人だが、目的はいまだ不明。

ローラ・シモン

ソーサラーやウィッチに分類される能力を持つ
北アフリカ系の美女。
ロッキー・ディーンの側近兼愛人。

呉内杏

くれない・あんず
進人類戦線の現リーダー。
特殊な異能の持ち主。

深見快宥

ふかみ・やすひろ
進人類フロントのサブリーダー。

Glossary
用語解説

一科生のエンブレム

魔法科高校
国立魔法大学付属高校の通称。全国に九校設置されている。
この内、第一から第三までが一学年定員二百名で
一科・二科制度を採っている。

ブルーム、ウィード
第一高校における一科生、二科生の格差を表す隠語。
一科生の制服の左胸には八枚花弁のエンブレムが
刺繍されているが、二科生の制服にはこれが無い。

CAD〔シー・エー・ディー〕
魔法発動を簡略化させるデバイス。
内部には魔法のプログラムが記録されている。
特化型、汎用型などタイプ・形状は様々。

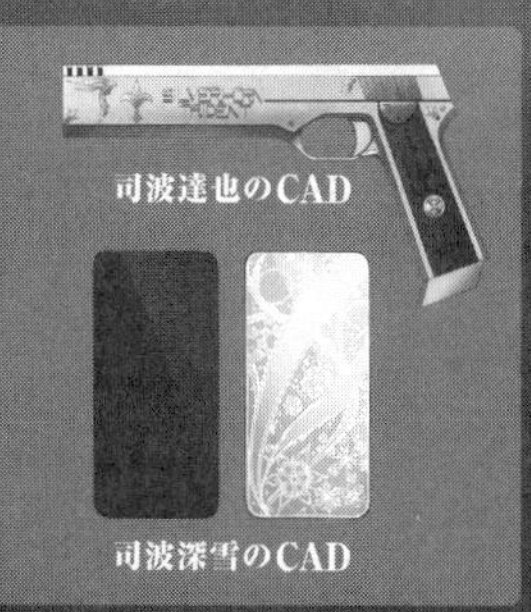
司波達也のCAD

司波深雪のCAD

フォア・リーブス・テクノロジー〔FLT〕
国内CADメーカーの一つ。
元々完成品よりも魔法工学部品で有名だったが、
シルバー・モデルの開発により
一躍CADメーカーとしての知名度が増した。

トーラス・シルバー
僅か一年の間に特化型CADのソフトウェアを
十年は進歩させたと称えられる天才技術者。

エイドス〔個別情報体〕
元々はギリシア哲学用語。現代魔法学において
エイドスとは、事象に付随する情報体のことで、
「世界」にその「事象」が存在することの記録で、
「事象」が「世界」に記す足跡とも言える。
現代魔法学における「魔法」の定義は、エイドスを改変することによって、
その本体である「事象」を改変する技術とされている。

イデア〔情報体次元〕
元々はギリシア哲学用語。現代魔法学においてイデアとは、エイドスが記録されるプラットフォームのこと。
魔法の一次的形態は、このイデアというプラットフォームに魔法式を出力して、
そこに記録されているエイドスを書き換える技術である。

起動式
魔法の設計図であり、魔法を構築するためのプログラム。
CADには起動式のデータが圧縮保存されており、
魔法師から流し込まれたサイオン波を展開したデータに従って信号化し、魔法師に返す。

サイオン(想子)
心霊現象の次元に属する非物質粒子で、認識や思考結果を記録する情報素子のこと。
現代魔法の理論的基盤であるエイドス、現代魔法の根幹を支える技術である起動式や魔法式は
サイオンで構築された情報体である。

プシオン(霊子)
心霊現象の次元に属する非物質粒子で、その存在は確認されているがその正体、その機能については
未だ解明されていない。一般的な魔法師は、活性化したプシオンを「感じる」ことができるにとどまる。

魔法師
『魔法技能師』の略語。魔法技能師とは、実用レベルで魔法を行使するスキルを持つ者の総称。

魔法式
事象に付随する情報を一時的に改変する為の情報体。魔法師が保有するサイオンで構築されている。

魔法演算領域
魔法式を構築する精神領域。魔法という才能の、いわば本体。魔法師の無意識領域に存在し、
魔法師は通常、魔法演算領域を意識して使うことは出来ても、そこで行われている処理のプロセスを
意識することは出来ない。魔法演算領域は、魔法師自身にとってもブラックボックスと言える。

魔法式の出力プロセス
❶起動式をCADから受信する。これを「起動式の読込」という。
❷起動式に変数を追加して魔法演算領域に送る。
❸起動式と変数から魔法式を構築する。
❹構築した魔法式を、無意識領域の最上層にして
意識領域の最下層たる「ルート」に転送、意識と無意識の
狭間に存在する「ゲート」から、イデアへ出力する。
❺イデアに出力された魔法式は、指定された座標の
エイドスに干渉しこれを書き換える。

単一系統・単一工程の魔法で、この五段階のプロセスを
半秒以内で完了させることが、「実用レベル」の
魔法師としての目安になる。

魔法の評価基準(魔法力)
サイオン情報体を構築する速さが魔法の処理能力であり、
構築できる情報体の規模が魔法のキャパシティであり、
魔法式がエイドスを書き換える強さが干渉力、
この三つを総合して魔法力と呼ばれる。

基本コード仮説
「加速」「加重」「移動」「振動」「収束」「発散」「吸収」「放出」の四系統八種にそれぞれ対応した
プラスとマイナス、合計十六種類の基本となる魔法式が存在していて、
この十六種類を組み合わせることで全ての系統魔法を構築することができるという理論。

系統魔法
四系統八種に属する魔法のこと。

系統外魔法
物質的な現象ではなく精神的な現象を操作する魔法の総称。
心霊存在を使役する神霊魔法・精霊魔法から読心、幽体分離、意識操作まで多種にわたる。

十師族
日本で最強の魔法師集団。一条(いちじょう)、一之倉(いちのくら)、一色(いっしき)、二木(ふたつぎ)、
二階堂(にかいどう)、二瓶(にへい)、三矢(みつや)、三日月(みかづき)、四葉(よつば)、五輪(いつわ)、
五頭(ごとう)、五味(いつみ)、六塚(むつづか)、六角(ろっかく)、六郷(ろくごう)、六本木(ろっぽんぎ)、
七草(さえぐさ)、七宝(しっぽう)、七夕(たなばた)、七瀬(ななせ)、八代(やつしろ)、八朔(はっさく)、
八幡(はちまん)、九島(くどう)、九鬼(くき)、九頭見(くずみ)、十文字(じゅうもんじ)、十山(とおやま)の
二十八の家系から四年に一度の「十師族選定会議」で選ばれた十の家系が『十師族』を名乗る。

数字付き
十師族の苗字に一から十までの数字が入っているように、百家の中でも本流とされている家系の
苗字には"『千』代田"、"『五十』里"、"『千』葉"家の様に、十一以上の数字が入っている。
数値の大小が力の強弱を表すものではないが、苗字に数字が入っているかどうかは、
血筋が大きく物を言う、魔法師の力量を推測する一つの目安となる。

数字落ち
エクストラ・ナンバーズ、略して「エクストラ」とも呼ばれる、「数字」を剥奪された魔法師の一族。
かつて、魔法師が兵器であり実験体サンプルであった頃、「成功例」としてナンバーを与えられた
魔法師が、「成功例」に相応しい成果を上げられなかった為に捺された烙印。

様々な魔法

●コキュートス

精神を凍結させる系統外魔法。凍結した精神は肉体に死を命じることも出来ず、
この魔法を掛けられた相手は、精神の「静止」に伴い肉体も停止・硬直してしまう。
精神と肉体の相互作用により、肉体の部分的な結晶化が観測されることもある。

●地鳴り

独立情報体「精霊」を媒体として地面を振動させる古式魔法。

●術式解散〔グラム・ディスパージョン〕

魔法の本体である魔法式を、意味の有る構造を持たないサイオン粒子群に分解する魔法。
魔法式は事象に付随する情報体に作用するという性質上、その情報構造が露出していなければならず、
魔法式そのものに対する干渉を防ぐ手立ては無い。

●術式解体〔グラム・デモリッション〕

圧縮したサイオン粒子の塊をイデアを経由せずに対象物へ直接ぶつけて爆発させ、そこに付け加えられた
起動式や魔法式などの、魔法を記録したサイオン情報体を吹き飛ばしてしまう無系統魔法。
魔法といっても、事象改変の為の魔法式としての構造を持たないサイオンの砲弾であるため情報強化や
領域干渉には影響されない。また、砲弾自体の持つ圧力がキャスト・ジャミングの影響も撥ね返してしまう。
物理的な作用が皆無である故に、どんな障碍物でも防ぐことは出来ない。

●地雷原

土、岩、砂、コンクリートなど、材質は問わず、
とにかく「地面」という概念を有する固体に強い振動を与える魔法。

●地割れ

独立情報体「精霊」を媒体として地面を線上に押し潰し、
一見地面を引き裂いたかのような外観を作り出す魔法。

●ドライ・ブリザード

空気中の二酸化炭素を集め、ドライアイスの粒子を作り出し、
凍結過程で余った熱エネルギーを運動エネルギーに変換してドライアイス粒子を高速で飛ばす魔法。

●這い寄る雷蛇〔スリザリン・サンダース〕

『ドライ・ブリザード』のドライアイス気化によって水蒸気を凝結させ、気化した二酸化炭素を
溶け込ませた導電性の高い霧を作り出した上で、振動系魔法と放出系魔法で摩擦電気を発生させる。
そして、炭酸ガスが溶け込んだ霧や水滴を導線として敵に電撃を浴びせるコンビネーション魔法。

●ニブルヘイム

振動減速系広域魔法。大容積の空気を冷却し、
それを移動させることで広い範囲を凍結させる。
端的に言えば、超大型の冷凍庫を作り出すようなものである。
発動時に生じる白い霧は空中で凍結した氷や
ドライアイスの粒子だが、レベルを上げると凝結した
液体窒素の霧が混じることもある。

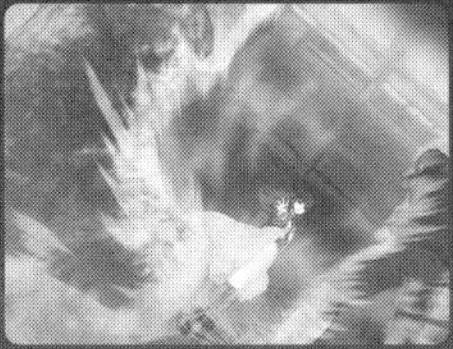

●爆裂

対象物内部の液体を気化させる発散系魔法。
生物ならば体液が気化して身体が破裂、
内燃機関動力の機械ならば燃料が気化して爆散する。
燃料電池でも結果は同じで、可燃性の燃料を搭載していなくても、
バッテリー液や油圧液や冷却液や潤滑液など、およそ液体を搭載していない機械は存在しないため、
『爆裂』が発動すればほぼあらゆる機械が破壊され停止する。

●乱れ髪

角度を指定して風向きを変えて行くのではなく、「もつれさせる」という曖昧な結果をもたらす
気流操作により、地面すれすれの気流を起こして相手の足に草を絡みつかせる古式魔法。
ある程度丈の高い草が生えている野原でのみ使用可能。

魔法剣

魔法による戦闘方法には魔法それ自体を武器にする戦い方の他に、
魔法で武器を強化･操作する技法がある。
銃や弓矢などの飛び道具と組み合わせる術式が多数派だが、
日本では剣技と魔法を組み合わせて戦う「剣術」も発達しており、
現代魔法と古式魔法の双方に魔法剣とも言うべき専用の魔法が編み出されている。

1. 高周波（こうしゅうは）ブレード

刀身を高速振動させ、接触物の分子結合力を超えた振動を伝播させることで
固体を局所的に液状化して切断する魔法。刀身の自壊を防止する術式とワンセットで使用される。

2. 圧斬り（へしきり）

刃先に斬撃方向に対して左右垂直方向の斥力を発生させ、
刃が接触した物体を押し開くように割断する魔法。
斥力場の幅は1ミリ未満の小さなものだが光に干渉する程の強度がある為、
正面から見ると刃先が黒い線になる。

3. ドウジ斬り（童子斬り）

源氏の秘剣として伝承されていた古式魔法。二本の刃を遠隔操作し、
手に持つ刀と合わせて三本の刀で相手を取り囲むようにして同時に切りつける魔法剣技。
本来の意味である「同時斬り」を「童子斬り」の名に隠していた。

4. 斬鉄（ざんてつ）

千葉一門の秘剣。刀を鋼と鉄の塊ではなく、「刀」という単一概念の存在として定義し、
魔法式で設定した斬撃線に沿って動かす移動系統魔法。
単一概念存在と定義された「刀」はあたかも単分子結晶の刃の様に、
折れることも曲がることも欠けることもなく、斬撃線に沿ってあらゆる物体を切り裂く。

5. 迅雷斬鉄（じんらいざんてつ）

専用の武装デバイス「雷丸（いかづちまる）」を用いた「斬鉄」の発展形。
刀と剣士を一つの集合概念として定義することで
接敵から斬撃までの一連の動作が一切の狂い無く高速実行される。

6. 山津波（やまつなみ）

全長180センチの長大な専用武器「大蛇丸（おろちまる）」を用いた千葉一門の秘剣。
自分と刀に掛かる慣性を極小化して敵に高速接近し、
インパクトの瞬間、消していた慣性を上乗せして刀身の慣性を増幅し対象物に叩きつける。
この偽りの慣性質量は助走が長ければ長いほど増大し、最大で十トンに及ぶ。

7. 薄羽蜻蛉（うすばかげろう）

カーボンナノチューブを織って作られた厚さ五ナノメートルの極薄シートを
硬化魔法で完全平面に固定して刃とする魔法。
薄羽蜻蛉で作られた刀身はどんな刀剣、どんな剃刀よりも鋭い切れ味を持つが、
刃を動かす為のサポートが術式に含まれていないので、術者は刀の操作技術と腕力を要求される。

魔法技能師開発研究所

西暦2030年代、第三次世界大戦前に緊迫化する国際情勢に対応して日本政府が次々に設立した魔法師開発の為の研究所。その目的は魔法の開発ではなくあくまでも魔法師の開発であり、目的とする魔法に最適な魔法師を産み出す為の遺伝子操作を含めて研究されていた。

魔法技能師開発研究所は第一から第十までの10ヶ所設立され、現在も5ヶ所が稼働中である。

各研究所の詳細は以下のとおり。

魔法技能師開発第一研究所

2031年、金沢市に設立。現在は閉鎖。

テーマは対人戦闘を想定した生体に直接干渉する魔法の開発。気化魔法「爆裂」はその派生形態。ただし人体の動きを操作する魔法はパペット・テロ(操り人形化した人間によるカミカゼテロ)を誘発するものとして禁止されていた。

魔法技能師開発第二研究所

2031年、淡路島に設立。稼働中。

第一研のテーマと対をなす魔法として、無機物に干渉する魔法、特に酸化還元反応に関わる吸収系魔法を開発。

魔法技能師開発第三研究所

2032年、厚木市に設立。稼働中。

単独で様々な状況に対応できる魔法師の開発を目的としてマルチキャストの研究を推進。特に、同時発動、連続発動が可能な魔法数の限界を実験し、多数の魔法を同時発動可能な魔法師を開発。

魔法技能師開発第四研究所

詳細は不明。場所は旧長野県と旧山梨県の県境付近と推定。設立は2033年と推定。現在は閉鎖されたことになっているが、これも実態は不明。旧第四研のみ政府とは別に、国に対し強い影響力を持つスポンサーにより設立され、現在は国から独立しそのスポンサーの支援下で運営されているとの噂がある。またそのスポンサーにより2020年代以前から事実上運営が始まっていたとも噂されている。

精神干渉魔法を利用して、魔法師の無意識領域に存在する魔法という名の異能の源泉、魔法演算領域そのものの強化を目指していたとされている。

魔法技能師開発第五研究所

2035年、四国の宇和島市に設立。稼働中。

物質の形状に干渉する魔法を研究。技術的難度が低い流体制御が主流となるが、固体の形状干渉にも成功している。その成果がUSNAと共同開発した「バハムート」。流体干渉魔法「アビス」と合わせ、二つの戦略級魔法を開発した魔法研究機関として国際的に名を馳せている。

魔法技能師開発第六研究所

2035年、仙台市に設立。稼働中。

魔法による熱量制御を研究。第八研と並び基礎研究機関的な色彩が強く、その反面軍事的な色彩は薄い。ただ第四研を除く魔法技能師開発研究所の中で、最も多く遺伝子操作実験が行われたと言われている(第四研については実態が不明)。

魔法技能師開発第七研究所

2036年、東京に設立。現在は閉鎖。

対集団戦闘を念頭に置いた魔法を開発。その成果が群体制御魔法。第六研が非軍事的色彩の強いものだった反動で、有事の首都防衛を兼ねた魔法師開発の研究施設として設立された。

魔法技能師開発第八研究所

2037年、北九州市に設立。稼働中。

魔法による重力、電磁力、強い相互作用、弱い相互作用の操作を研究。第六研以上に基礎研究機関的な色彩が強い。ただし、国防軍との結び付きは第六研と異なり強固。これは第八研の研究内容が核兵器の開発と容易に結びつくからであり、国防軍のお墨付きを得て核兵器開発疑惑を免れているという側面がある。

魔法技能師開発第九研究所

2037年、奈良市に設立。現在は閉鎖。

現代魔法と古式魔法の融合、古式魔法のノウハウを現代魔法に取り込むことで、ファジーな術式操作など現代魔法が苦手としている諸課題を解決しようとした。

魔法技能師開発第十研究所

2039年、東京に設立。現在は閉鎖。

第七研と同じく首都防衛の目的を兼ねて、大火力の攻撃に対する防御手段として空間に仮想構築物を生成する領域魔法を研究。その成果が多種多様な対物理障壁魔法。

また第十研は、第四研とは別の手段で魔法能力の引き上げを目指した。具体的には魔法演算領域そのものの強化ではなく、魔法演算領域を一時的にオーバークロックすることで必要に応じ強力な魔法を行使できる魔法師の開発に取り組んだ。ただしその成否は公開されていない。

これら10ヶ所の研究所以外にエレメンツ開発を目的とした研究所が2010年代から2020年代にかけて稼働していたが、現在は全て閉鎖されている。
また国防軍には2002年に設立された陸軍総司令部直属の秘密研究機関があり独自に研究を続けている。
九島烈は第九研に所属するまでこの研究機関で強化措置を受けていた。

戦略級魔法師

　現代魔法は高度な科学技術の中で育まれてきたものである為、
軍事的に強力な魔法の開発が可能な国家は限られている。

その結果、大規模破壊兵器に匹敵する戦略級魔法を開発できたのは一握りの国家だった。

　ただ開発した魔法を同盟国に供与することは行われており、
戦略級魔法に高い適性を示した同盟国の魔法師が戦略級魔法師として認められている例もある。

　2095年4月段階で、国家により戦略級魔法に適性を認められ対外的に公表された魔法師は13名。

彼らは十三使徒と呼ばれ、世界の軍事バランスの重要ファクターと見なされていた。

　2100年時点で、各国公認の戦略級魔法師は以下の通り。

USNA
■アンジー・シリウス：「ヘビィ・メタル・バースト」
■エリオット・ミラー：「リヴァイアサン」
■ローラン・バルト：「リヴァイアサン」
※この中でスターズに所属するのはアンジー・シリウスのみであり、
エリオット・ミラーはアラスカ基地、ローラン・バルトは国外のジブラルタル基地から
基本的に動くことはない。

新ソビエト連邦
■イーゴリ・アンドレイビッチ・ベゾブラゾフ：「トゥマーン・ボンバ」
※2097年に死亡が推定されているが新ソ連はこれを否定している。
■レオニード・コンドラチェンコ：「シムリャー・アールミヤ」
※コンドラチェンコは高齢の為、黒海基地から基本的に動くことはない。

大亜細亜連合
■劉麗蕾（りうりーれい）：「霹靂塔」
※劉雲徳は2095年10月31日の対日戦闘で戦死している。

インド・ペルシア連邦
■バラット・チャンドラ・カーン：「アグニ・ダウンバースト」

日本
■五輪 澪（いつわみお）：「深淵（アビス）」
■一条将輝：「海爆（オーシャン・ブラスト）」
※2097年に政府により戦略級魔法師と認定。

ブラジル
■ミゲル・ディアス：「シンクロライナー・フュージョン」
※魔法式はUSNAより供与されたもの。2097年以降、消息を絶っているが、ブラジルはこれを否定。

イギリス
■ウィリアム・マクロード：「オゾンサークル」

ドイツ
■カーラ・シュミット：「オゾンサークル」
※オゾンサークルはオゾンホール対策として分裂前のEUで共同研究された魔法を原型としており、
イギリスで完成した魔法式が協定により旧EU諸国に公開された。

トルコ
■アリ・シャーヒーン：「バハムート」
※魔法式はUSNAと日本の共同で開発されたものであり、日本主導で供与された。

タイ
■ソム・チャイ・ブンナーク：「アグニ・ダウンバースト」
※魔法式はインド・ペルシアより供与されたもの。

スターズとは

USNA軍統合参謀本部直属の魔法師部隊。十二の部隊があり、
隊員は星の明るさに応じて階級分けされている。
部隊の隊長はそれぞれ一等星の名前を与えられている。

●スターズの組織体系

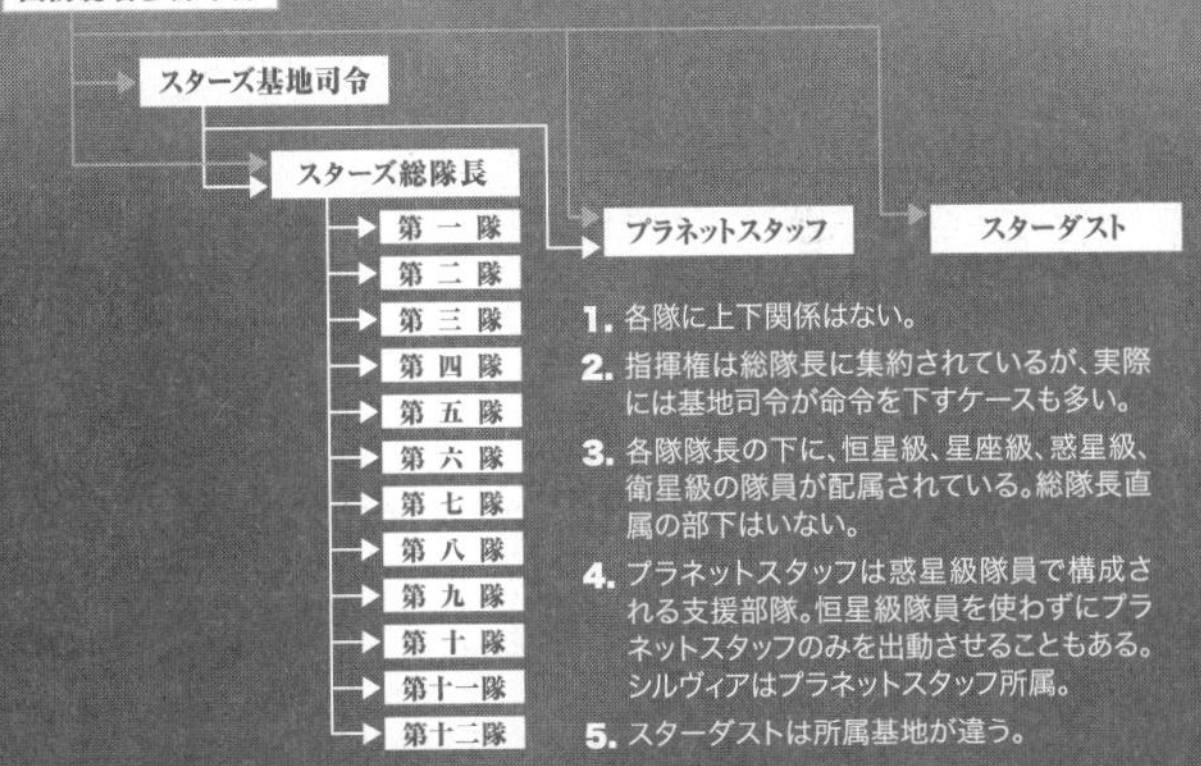

1. 各隊に上下関係はない。
2. 指揮権は総隊長に集約されているが、実際には基地司令が命令を下すケースも多い。
3. 各隊隊長の下に、恒星級、星座級、惑星級、衛星級の隊員が配属されている。総隊長直属の部下はいない。
4. プラネットスタッフは惑星級隊員で構成される支援部隊。恒星級隊員を使わずにプラネットスタッフのみを出動させることもある。シルヴィアはプラネットスタッフ所属。
5. スターダストは所属基地が違う。

総隊長アンジー・シリウスの暗殺を企てた隊員たち

• アレクサンダー・アークトゥルス
第三隊隊長 大尉 北アメリカ大陸先住民のシャーマンの血を色濃く受け継いでいる。
レグルスと共に叛乱の首謀者とされる。

• ジェイコブ・レグルス
第三隊 一等星級隊員 中尉 ライフルに似た武装デバイスで放つ
高エネルギー赤外線レーザー弾『レーザースナイピング』を得意とする。

• シャルロット・ベガ
第四隊隊長 大尉 リーナより十歳以上年上であるが、階級で劣っていることに不満を懐いている。
リーナとは折り合いが悪い。

• ゾーイ・スピカ
第四隊 一等星級隊員 中尉 東洋系の血を引く女性。『分子ディバイダー』の
変形版ともいえる細く尖った力場を投擲する『分子ディバイダー・ジャベリン』の使い手。

• レイラ・デネブ
第四隊 一等星級隊員 少尉 北欧系の長身でグラマラスな女性。
ナイフと拳銃のコンビネーション攻撃を得意とする。

メイジアン・カンパニー

魔法資質保有者（メイジアン）の人権自衛を目的とする国際互助組織であるメイジアン・ソサエティの目的を実現するための具体的な活動を行う一般社団法人。2100年4月26日に設立。本拠地は日本の町田にあり、理事長を司波深雪、専務理事を司波達也が務める。

国際組織として、魔法協会が既設されているが、魔法協会は実用的なレベルの魔法師の保護が主目的になっているのに対し、メイジアン・カンパニーは軍事的に有用であるか否かに拘わらず魔法資質を持つ人間が、社会で活躍できる道を拓く為の非営利法人である。具体的にはメイジアンとしての実践的な知識が学べる魔法師の非軍事的職業訓練事業、学んだことを実際に使う職を紹介する非軍事的職業紹介事業を展開を予定。

FEHR －フェール－

『Fighters for the Evolution of Human Race』（人類の進化を守る為に戦う者たち）の頭文字を取った名称の政治結社。2095年12月、『人間主義者』の過激化に対抗して設立された。本部をバンクーバーに置き、代表者のレナ・フェールは『聖女』の異名を持つカリスマ的存在。結社の目的はメイジアン・ソサエティと同様に反魔法主義・魔法師排斥運動から魔法師を保護すること。

リアクティブ・アーマー

旧第十研から追放された数字落ち『十神』の魔法。個体装甲魔法で、破られると同時に『その原因となった攻撃と同種の力』に対する抵抗力が付与されて再構築される。

The International Situation
2100年現在の世界情勢

東EUと西EUは
国家同盟で
各国は独立
新ソビエト連邦
日本、モンゴル、
カザフスタンは同盟関係
USNA
(北アメリカ大陸合衆国)
インド・
ペルシア連邦
大亜細亜連合
日本
アラブ同盟
台湾は独立国
アフリカ大陸
南西部は、
ほぼ無政府状態
東南アジア同盟
(台湾、フィリピン、ニューギニアも参加)
ブラジル
ブラジル以外は
地方政府分裂状態

世界の寒冷化を直接の契機とする第三次世界大戦、二〇年世界群発戦争により世界の地図は大きく塗り替えられた。現在の状況は以下のとおり。

USAはカナダ及びメキシコからパナマまでの諸国を併合して北アメリカ大陸合衆国（USNA）を形成。

ロシアはウクライナ、ベラルーシを再吸収して新ソビエト連邦（新ソ連）を形成。

中国はビルマ北部、ベトナム北部、ラオス北部、朝鮮半島を征服して大亜細亜連合（大亜連合）を形成。

インドとイランは中央アジア諸国（トルクメニスタン、ウズベキスタン、タジキスタン、アフガニスタン）及び南アジア諸国（パキスタン、ネパール、ブータン、バングラデシュ、スリランカ）を呑み込んでインド・ペルシア連邦を形成。

個人が国家に対抗するという偉業を司波達也が成し遂げたため、2100年にIPUとイギリスの承認のもと、スリランカは独立。独立とともに魔法師の国際互助組織メイジアン・ソサエティの本部が創設されている。

他のアジア・アラブ諸国は地域ごとに軍事同盟を締結し新ソ連、大亜連合、インド・ペルシアの三大国に対抗。

オーストラリアは事実上の鎖国を選択。

EUは統合に失敗し、ドイツとフランスを境に東西分裂。東西EUも統合国家の形成に至らず、結合は戦前よりむしろ弱体化している。

アフリカは諸国の半分が国家ごと消滅し、生き残った国家も辛うじて都市周辺の支配権を維持している状態となっている。

南アメリカはブラジルを除き地方政府レベルの小国分立状態に陥っている。

［1］魔工院（1）

巳焼島の恒星炉プラントおよび町田のFLT研究所における人造レリック盗難未遂事件が一段落した五月中旬。

魔法大学の学食には、久しぶりに登校した達也の姿があった。

テーブルに着いている彼の隣には深雪、深雪の向かい側にはリーナ。そして達也の向かい側には高校時代の友人、幹比古がちょうど腰を下ろしたところだった。

「達也、結構久し振りだね」

幹比古が開口一番に述べたとおり、達也が彼に会うのは久し振りだった。具体的には約二ヶ月ぶり。

「会社の方は、もう落ち着いたの？」

幹比古の言う「会社」は、ステラジェネレーターのことでありメイジアン・カンパニーのことでもある。会社ではないが、メイジアン・ソサエティのことも含まれているに違いない。

達也は先月、立て続けに三つの団体の設立に関わっている。と言うより、その中心人物だ。株式会社ステラジェネレーターでは社長、一般社団法人メイジアン・カンパニーでは代表権を持つ専務理事、国際NGOメイジアン・ソサエティでは副代表を務めている。

メイジアン・ソサエティとメイジアン・カンパニーは名称にどちらも「メイジアン」という

新しい単語を使っており、また達也が幹部を兼任していることから親子関係にある組織と誤解されている向きもある。だが二つの組織同士に上下関係や資金的なつながりは無い。あくまでも「魔法資質保有者の人権の実現」という目的を共有しているだけだ。

一般世間で注目されているのは重力制御魔法式熱核融合炉『恒星炉』プラントの運営会社・ステラジェネレーターだが、魔法資質保有者に限らず魔法に関わる者にとってはメイジアン・カンパニーも同じくらい注目せずにはいられない対象だった。

「取り敢えず一段落といったところか」

「まだまだやることは多そうだね」

「まあな。会社に限らず、組織運営は簡単なものじゃない」

幹比古の言葉に達也が軽く肩をすくめる。

「確かにそうだね」

幹比古が微かな含み笑いを漏らしたのは、彼もまた吉田家の次男として組織の運営に携わっている。その関係で、達也が言ったことに心当たりがあるからだろう。

「……ところで達也」

ここで幹比古が、いきなり声を低くした。

「何だ？」

何やら意味ありげだが、達也の声音は変わらない。

「あの噂は本当なのかい？」

声を低くしたまま幹比古が訊ねる。

「噂？」

達也はとぼけたのではない。一体どの噂か、と思ったのだ。

「……七草先輩が達也の所で働いているって噂が流れてるんだけど」

「確かに七草先輩には、メイジアン・カンパニーで働いてもらっているが……、噂になっているのか？」

「七草家のご長女が四葉家の関連法人に就職したっていうんだ。そりゃあ、噂にもなるよ」

達也の反問に答える幹比古の口調は「当たり前じゃないか」という呆れを含んでいた。

「そうだな……」

確かに、第三者の目には奇妙な出来事に映るかもしれない。幹比古の発言を聞いて、達也はそう思った。

「四葉家と七草家が遂に手を結んだとか七草家が四葉家の軍門に下ったとか、色んな憶測が飛び交っているけど……。実際のところはどうなんだい？」

無責任な風評の拡散に、達也は眉を顰めた。

「そんな事実は無いな。俺には七草先輩の真意は分からない。だがあの人が有能だということは分かっている。だから俺たちは彼女を従業員として受け容れた。それだけだ」

「ははっ……、そうだよね。四葉家と七草家が同盟を組むならともかく、一方が他方の傘下に収まるなんてあり得ないか」

空笑いを漏らした幹比古に、達也が無言で頷く。

「吉田君の方はどうですか？」

話が一段落付いたと見たのか、それともこれ以上幹比古に踏み込まれることを避ける為か。ここで深雪が、幹比古にそれまでの話の流れとは関係の無い質問を投げ掛けた。

「呪符のデジタル化は上手く行きそうなのかしら？」

達也程ではないが、幹比古の研究も意義深い技術として魔法学界では注目されている。魔法大学の学生が興味を持っても不自然ではなかった。

「御蔭様で、少しずつ進んでいるよ。柴田さんも手伝ってくれるし」

「そうそう、そっちはどうなの？」

リーナが人の悪い笑みを浮かべながら会話に参加する。

「えっ？　そっち、って……？」

「あら、とぼけるの？　ミヅキのことよ。同棲してるんでしょ？」

「ち、違うよ」

さすがに跳び上がったり立ち上がったりはしなかったが、幹比古は狼狽を露わにして首を左右に振った。

いる。

「同棲じゃなくて単なる同居だ！」

「でも一つ屋根の下で暮らしているんでしょ」

質問を重ねるリーナは真顔だ。だがその瞳にはネズミを追い詰めるネコのような光が宿っている。

「そりゃあ、同居だから……。でもちゃんと、部屋は別にしている」

多分幹比古本人も、逆効果だということは分かっている。だがそれでも彼は、向きにならずにいられなかった。

「と言っても、バスルームはプライベート仕様じゃないんでしょ？　ミヅキが入っているところに間違って、なんてこともあるんじゃない？」

真顔を維持したまま素っ気ない口調で訊ねるリーナ。だが相変わらず、瞳に宿る光が真面目な表情を裏切っていた。

「そそそんなことあるわけないじゃないか！」

リーナの邪推を、幹比古が顔を真っ赤にして否定する。

「じゃあ、逆なのかしら。ミヅキの方から突撃してくるパターン？」

「家の風呂場は男女別々だ！」

「……そうなの？」

小首を傾げるリーナ。これは分かっていてやっているのではなく、本気で訊ねる言葉と態度だった。

「幹比古の家なら、それもおかしくないな」

対照的に、達也は納得顔で頷く。

誤解されがちだが、幹比古の家は神社ではない。私的に魔法を教える、古式魔法の道場だ。合宿状態で泊まり込んでいる弟子が大勢いる。となれば浴室はそれなりの大きさだろうし、男女別に分かれてもいるだろう。――たとえ男女比が偏っているとしても。

「リーナ。貴女が考えているようなアクシデントは、現実には中々起こらないと思うわ」

「そうだよ！　リーナはアニメの見過ぎだ」

現実とフィクションの混同をたしなめる深雪のセリフに、得たりとばかり幹比古はリーナに反撃する。

「ちょっと、失礼なこと言わないでよ。ワタシは見過ぎと言われる程アニメばかり見ているわけじゃないわ」

見てることは見てるんだ……、と幹比古は思ったが、それを口には出さなかった。

◇　◇　◇

七草真由美のメイジアン・カンパニー就職は、大学の外でも話題になっていた。

四葉家の次期当主である深雪が理事長を務めるメイジアン・カンパニーは、達也がどう考えていようと世間からは四葉家が経営する社団と見做されている。そこに七草家の長女である真由美が就職したのだ。

真由美は深雪のように次の当主というわけではなく、七草家で特別な役割を与えられているわけでもない。七草家と関係の無い職場に就職しても、何の不思議もない立場だ。

だがさすがに、七草家現当主の実の娘がライバル関係にある四葉家傘下の組織に加わったという事実は様々な憶測を招かずにはおかないものだった。

四葉と七草以外の十師族、師補十八家、百家数字付き、魔法協会のような日本魔法界の構成員だけでなく、国防軍や警察などの当局者、人間主義者や魔法至上主義過激派などの反社会勢力までもが、一層強い関心をメイジアン・カンパニーに寄せた。

その真由美には、『魔工院』の開校に関わる事務仕事が与えられていた。

メイジアン・カンパニーの設立目的は魔法資質保有者の「人権自衛」。魔法資質を持つ人間が、社会で活躍できる道を拓く。たとえ実用的と見做される今までの基準に達しない者であっても。

その為の具体的な事業内容がメイジアンの「職業訓練」と「職業紹介」。もっとも職業紹介は、広く求職者を募集する事業スキームではない。カンパニーで職業訓練を受けた魔法資質保有者に就業先を斡旋する形態を計画している。つまり、まず訓練ありきだ。『魔法工業技術専門学院』、略称『魔工院』の創設は、その為の第一歩だった。

西暦二一〇〇年五月中旬のある日。

巳焼島のステラジェネレーター社長室の卓上端末で書類に目を通していた達也は、ディスプレイにポップアップした選択肢付きのメッセージに、すぐ「YES」を選んで返信した。メッセージは真由美からのもので、今電話を掛けても構わないかどうかを問うものだった。

ディスプレイの端にヴィジホン着信のアイコンが表示される。

達也はそのアイコンをタップして、見積書が表示されていた画面を切り替えた。

『専務、お忙しいところ恐れ入ります』

真由美の丁寧な喋り方は達也が強制したものではない。彼女の常識が反映されたものだった。

『魔工院の設立申請の件で、一つうかがいたいことがあるのですが』

「何でしょう」

達也は短い応答で、真由美に続きを促す。

『学院長は何方にするのですか？』

それに応じて、真由美はそう訊ねた。

魔工院は学校ではあっても学校法人ではないので、役所への届け出に学院長の氏名は必要無い。これはおそらく、学校案内書やパンフレットの類に記載する為の質問だろう。

達也は答えを悩まなかった。

「まだ決まっていません」

あっさりと、正直に回答する。

『……そうですか』

真由美の目付きは決定の遅れを責めるものではなかった。達也の言葉が真実かどうか疑っている眼差しを、彼女は画面の中から向けていた。しかも「半信半疑」ではない。「疑」に大きく偏っている感じだ。

これは必ずしも邪推ではなかった。決まっていないというのは事実だが、第一候補者は達也の中で固まっていた。

「参考までに、七草さんはどのような人が良いと思いますか？」

その本心を明かさず、達也は逆にそう訊ねた。

『学院長に、ですか？』

真由美の反問に達也は頷く。

『そうですね……。やはり、魔法界に顔が利く方が良いのではないでしょうか。色々と口出ししてくる人たちも多いと思われますので』

「例えば魔法協会の幹部経験者とか？」

『いえ、魔法協会とは距離を置いた方が良いと思います』

頷く達也の表情は、微かにではあるが満足げだ。

その表情に、電話の向こうで真由美は「どうやら自分は試されているようだ」と感じた。

『それから、四葉家と七草家の関係者は候補から外した方が良いでしょう。両家から等距離の関係にあると見做されているナンバーズからお招きするのが一番だと思います』

続く真由美のセリフに、やや力がこもっていたのはその為だ。

「なる程」

頷く達也を見て、真由美は学院長の候補者について彼が腹案を持っていることを確信した。

同時に「質問しても答えてもらえないだろうな」とも考えた。

◇　◇　◇

「七草さん。学院長の件、専務は何と？」

ヴィジホンでの通話が終わり、通信室から事務室に戻ってきた真由美にそう問い掛けたのは、彼女と一緒に魔工院の開校準備をしている遠上遼介だった。

遼介は先月末、ＵＳＮＡ旧カナダ領バンクーバーから戻ってきたばかりだ。帰国したその足でメイジアン・カンパニー本社オフィスを訪れて、懸命な売り込みの末に従業員の地位を勝ち取った「押し掛け女房」ならぬ「押し掛け従業員」だ。彼がそこまでしてメイジアン・カンパニーに入社しようとしたのは、本人の弁に依れば「魔法資質保有者の人権自衛」の理念に共感したからだが、真相は違う。

彼がメイジアン・カンパニーに潜入したのは、達也の目的を探るよう命じられたからだった。命じたのはバンクーバーに本拠を置く魔法師の人権保護を目的とする政治結社『ＦＥＨＲ』のリーダー、レナ・フェール。遼介はＦＥＨＲのメンバーだった。

実を言えばこのことは、達也も深雪も知っている。遼介は隠し果せているつもりだったが、達也は最初からＦＥＨＲとの関係を疑っていたし、入社の三日後には確証を得ていた。それを黙っているのは、遼介に利用価値があると考えているからだ。

なお、真由美は遼介とＦＥＨＲの関係を知らされていない。

「まだ決まっていないそうです」

達也の中では候補が絞り込まれているようだ、ということを真由美は遼介に伝えなかった。達也が言明しなかった以上、不確かな推測でしかないからだ。

「そうですか……。では、いったんペンディングにするしかありませんね」

魔工院は九月開校予定。あと四ヶ月弱しかない。幾ら注目されているとはいえ、普通に考えればいい加減に生徒を募集しなければ学校として成り立たない。

もしかしたら普通ではない方法で生徒を集める段取りになっているのかもしれないが、それにしたって学校案内くらいは作らなければならない時期に来ているはずだった。遼介はそのオンラインパンフレット作成に着手していた。学院長就任予定者を真由美が達也に訊ねたのはその為だ。

なお遼介が直接達也に訊ねなかったのは、真由美の方が達也と親しいからだ。決して、遼介が達也に苦手意識を懐いてしまっているからではない。少なくとも、遼介の中では。

「しかし……私は他に、何をすれば良いんでしょう？」

真由美も遼介も、学校運営に関するノウハウなど持ち合わせていない。幸い――あるいは当然に――魔工院の事務職が彼女たちだけということはなく、二人はメイジアン・カンパニー設立前から開校準備に携わっていた専門家に指示を仰ぎながら仕事を進めている。

ただ、ここで遼介の事務スキルの低さが露呈してしまった。元々技術者肌なのだろう。それに加えてここ四年間ＵＳＮＡ旧カナダ領で暮らしていて、ほとんど日本語に触れてこなかったという点も考慮しなければならないかもしれない。

しかしそういった事情があるにせよ、遼介のスキル不足は否みようがない事実だった。彼は早くも、書類事務に関して半ば戦力外通知を受ける形で学院のウェブサイト作成業務に回されていた。

「そうですね……。響子さんに訊いてみたらどうでしょう」

遼介のアドバイスを求める言葉に、真由美は少し考えてそう答えた。

「藤林さんに、ですか……」

藤林響子は先月のメイジアン・カンパニー設立直後に、四葉家から達也の許に派遣された。ある意味でカンパニーの正式な従業員第一号だ。

彼女は社団の運営に関わる肩書きを特に持ってはいないが、事実上達也の補佐役としてメイジアン・カンパニーの事務面を仕切っている。遼介にウェブサイトの開設を指示したのも藤林だった。

「分かりました」

真由美の提案に、遼介は少し考えて頷いた。

［2］USNA潜入（1）

高度約六千四百キロメートルの衛星軌道を周回している衛星軌道居住施設（オービタル・レジデンス）『高千穂』。全長約百八十メートル、最大幅約二十メートルに及ぶこの巨大人工衛星は軍事用でも研究用でもなく、地球に住めなくなった一組の男女の住居として用意された物だ。

男の名は九島光宣。

女の名は桜井水波。

パラサイトとなった二人に宇宙の住まいを提供した人物の名は、司波達也。

達也が光宣と水波に高千穂を与えたのは彼が唯一人愛する女性、深雪の憂いを取り除く為だ。しかし、完全に感情のみが動機でもなかった。

達也は光宣の技量を高く評価していた。それは彼が人間を辞めてパラサイトとなった後も変わっていない。有能な秘密戦力を味方として確保するという打算が達也の中には確実にあった。

このことは光宣も弁えていた。そして彼も無為徒食に甘んじるつもりはない。

人間を辞めパラサイトとなっても、食糧と水と空気は必要だ。高千穂では水と空気の循環利用が可能になっているが、食糧は地上からの補給に頼らなければならない。

それに衣服も消耗品だ。光宣は別に同じ服を着続けても気にならないが、若い女性である水波にそんな不自由をさせるのは男の見栄が許さなかった。

光宣は自分の意思で人間を捨てパラサイトになったが、達也の財布に寄生する身分に甘んじるつもりは無い。達也に利用されるのは、光宣としても望むところだった。

USNAサンフランシスコを本拠地とする魔法至上主義過激派組織『FAIR』。その調査を達也に依頼された光宣は、静かに闘志を燃やしながら潜入の準備を進めていた。

五月十四日金曜日。現在の時刻は夜七時。

達也は巳焼島の研究室で通信機に向かっていた。

『――達也さん、こちらの準備は整いました』

ヴィジホンではなく赤外線レーザー通信の受信モニターに顔を見せているのは光宣だ。達也と光宣はこれから、高千穂の移動実験を行おうとしていた。

高千穂にはエアカーと同じ地球の重力を利用した飛行システムが組み込まれている。だがこのシステムでは、宇宙空間を自由に移動することはできなかった。性能上は地球の重力が及ぶ衛星軌道の範囲内であれば静止も加速も方向転換も思いのままになるはずだったが、実際には「衛星は推力無しには母星以外の天体の重力が作用しない限り同一軌道を周回するものである」という情報の定義力が強すぎて、これまでのところ誤差の範囲と認識される程度の軌道変更しかできていなかった。

だが光宣が短期間の集中的な試行錯誤の結果、条件付きで自由に飛び回れる可能性が浮かび上がった。対地高度を変えず、短時間で元の軌道に復帰すれば、南北方向に最大三十度の移動が可能という計算結果が出たのだ。

　達也は光宣の計算に基づき、条件を満たす起動式を約二週間で書き上げた。それをこれから実験しようとしているのだった。

「高千穂のトレース状況は良好だ。光宣、始めてくれ」

『はい』

　光宣がモニターの中で目を半ば閉じ、彼の顔から表情が消える。光宣は人間を辞めパラサイトになる前から人間離れした美貌だったが、強い精神集中がもたらした無表情は、彼の容姿に一層の神秘性を与えた。

　彼が精神を集中し始めてすぐ、具体的には約三秒後、突如としてモニターがブラックアウトする。レーザー通信レンジから高千穂が外れたのだ。レーザー通信は情報量が多いだけでなく、有効範囲が狭く、それ故傍受されるリスクが低いというメリットがある。だがその裏返しとして、通信相手が高速で移動するとレーザーが届かなくなるというデメリットもあるのだ。高千穂との通信に使っている赤外線レーザーは秘匿性を高める為、通常の通信用よりレーザーの集束度を上げてあった。

　四葉家巳焼島支部通信施設の屋上でレーザー受発信機が小さく首を振る。高千穂の動きをトレースしているという達也の言葉は嘘ではなかった。アンテナは通信途絶から一秒で高千穂を捉え、通信が回復する。

『達也さん、どうですか』

「……四十秒で天球上を約一度の移動が観測されている。三十度を移動するのに二十分のペースだ。さすがは光宣、正確だな。起動式に記述したとおりだ」

『恐縮です』

起動式は魔法式を組み立てるための設計図だ。現代魔法における魔法式の構築は、起動式というソースコードを魔法式というオブジェクトコードにコンパイルするプロセスと言っても良い。オブジェクトコードをコンピューターで実行するプロセスが魔法の発動に対応する。

ところで、ソースコードが同じでも実行するハードウェアの性能によってパフォーマンスが異なるように、同じ起動式を使っても実行する魔法師によって魔法のパフォーマンスには差が生じる。起動式に記述されているとおりの魔法を発動するには、魔法師として高いスキルが必要だ。

その点光宣は、全長百八十メートル、最大幅二十メートルという高千穂の巨体を起動式で定義した秒速七・九キロメートルで正確に動かして見せた。現代魔法の常識からすれば、達也の称賛は随分控えめなものだった。

『軌道変更完了までに二十分、変更後の軌道に二十分留まり、元の軌道に復帰するのに二十分。……結果が出るのは一時間後ですね』

光宣は落ち着いた口調で実験のスケジュールを再確認しているが、頬が緩みかけているのを隠せていない。人間当時の彼は体調を崩して伏せりがちであってもその才能は誰もが認めるものだったので褒められることには慣れているはずだが、相手が達也だと勝手が違うのだろう。達也は光宣が自分以上と認めている数少ない魔法師の一人だ。

「こちらでも観測は抜かりなく続けるが、光宣も内部から目を光らせていてくれ」

達也は光宣の照れ隠しに言及しなかった。

『分かりました』

光宣は達也の気遣いに気付いていたが、彼もそれに触れなかった。

達也はモニター画面に向かって頷き、いったん通信を切った。

三十分後、達也は高千穂との通信を再開した。これは予定された手順だった。巳焼島から高千穂に通信できるのは一日に五回、各二時間だ。これは高千穂の軌道と秘匿性を保持する為に必要な通信用レーザーの収束度の関係からこうなっていた。

「光宣、そちらに異状は無いか？」

『今のところ順調です』

「こちらの観測でも問題点は見受けられない」

『それは良かった。……ところで達也さん。少し関係の無い話をしても良いですか？』

「関係が無い話?」

光宣の突然の申し出に、達也が訝しげな表情を浮かべる。

『あっ、いえ、この実験に直接の関係が無いというだけで、全く無関係というわけではないんですが』

カメラが伝えたその表情に、光宣は慌てて言い訳を口にした。

「構わないぞ」

達也が訝しげな顔になったのはごく短時間。彼は平静な表情に戻って小さく頷いた。

『ありがとうございます。先日依頼されたＦＡＩＲの調査に関してなんですが』

「その件か」

達也は軽く相槌を打ち、目で光宣に続きを促した。

『この実験が終わったら僕はアメリカに降ります』

「このまま問題が起きなければな」

光宣が「何言ってるの、この人」という表情を浮かべる。それは「貴方が作ったものが失敗するはずないでしょう」という信頼の裏返しだった。

『……成功を前提に話を進めさせてもらいます』

光宣はすぐに真顔を取り戻した。

「続けてくれ」

達也は最前から変わらぬ、表情に乏しい顔でそれに応じる。

『僕が地上に降りている間、水波さんが一人になってしまうじゃないですか』

「そうだな……。それは可哀想だから水波も地上に降ろしたいと？」

『……そのとおりです。よくお分かりですね？』

光宣は意外感を隠せなかった。達也が全くの無情な人間でないことは光宣にも分かっているが、こんなセンチメンタリズムを自分が口にする前に理解してもらえるとは思わなかったのである。

「水波が一人になることは、俺も考えないでもなかった。だがお前のことだ。そんなに長く高千穂を留守にするつもりは無いだろう？」

『もちろん、毎日戻るつもりです。でも僕だけが地上に降りられるというのは……』

達也の問い掛けに対する答えを、光宣は最後まで口にできなかった。

「後ろめたいか」

『……はい』

光宣は躊躇いながら頷いた。彼は自分たちパラサイトが人々に忌避されているのを理解している。水波をパラサイトに変えた自分に、こんなことを口にする資格は無いということも。

「……その気持ちは、分からなくもない。それで光宣は、俺に何を求める。お前がＵＳＮＡに潜入している間、水波をこちらで預かれば良いのか？」

『できるんですか、それが⁉』

光宣が驚愕を露わにする。彼らが高千穂に住まなければならなかった経緯を考えれば、彼の驚きは当然のものだ。

「短期間なら匿える。さすがにこの島の外では無理だが」

巳焼島は一種の治外法権領域。日本には妖魔の存在を許さない影の権力機関が存在するのだが、この島の中に限り短期間であれば手出しを拒むことができる。二、三日島に滞在させる程度なら、今の達也にとっては難しくない。

『そうしていただければ水波さんも喜んでくれるでしょう。……ですが、達也さんにお願いしようと思っていたのは少し別のことでして』

「できないことはできないと言うから余計な心配はしなくて良いぞ」

いっそ薄情とも感じられる達也の言葉に、光宣は思わず「そうですよね」と頷きそうになる。

『ありがとうございます』

しかし実際には、無難にこう返しただけだった。

『僕は水波さんにもアメリカの土を踏ませてあげたいと思っているんです』

「良いんじゃないか。お前たちの腕なら、危ないこともないだろう」

達也は二つ返事で頷いた。

光宣はもう、驚くのを止めた。

『しかしその場合、高千穂が留守になってしまいます』

「それを心配しているのか？　確かに攻撃を受けるリスクは、ゼロではないが」

高千穂は各国から見れば所属、正体不明の巨大人工天体。しかも元はミサイル潜水艦だ。ステルスには万全を期しているが、もし発見されれば軍事衛星と勘違いされて攻撃される可能性は低くない。

『それもありますが、二人とも地上に降りてしまうと万が一、高千穂に異常が発生した時に対応ができません』

「なる程。確かにそのリスクは考慮すべきだ」

高千穂は達也が陣頭に立って新ソ連の潜水艦を改造した物だが、「自分が作った物は故障しない」などという思い上がりを彼は持ち合わせていない。

『それで、僕たち二人が地上に降りている間、高千穂に駐在する方を用意して頂けませんか』

「留守番か」

『あ、いえ……端的に言えば、そうです』

光宣は決まり悪そうに口を濁した後、達也の言葉を認めた。

「分かった。光宣の言うとおり、高千穂には留守を守る物を置いておくべきだろう」

『よろしくお願いします』

これでこの件は片付いたとばかり、光宣はホッとした顔で軽く頭を下げる。

しかしそれは、少し気が早かった。

「パラサイドールの素体となる最新のバッテリー式ガイノイドと、三年前にパラサイトを封印した人形をそちらに送る」

『えっ……？』

予想外の回答に、その意味を光宣はすぐには理解できなかった。

『パラサイドールを、作れと？』

「光宣の目的には最適だと思うが」

『……まあ、確かに』

素体となるガイノイドがバッテリー式であれば、限られた酸素と水を消費することもなく、エネルギーは船内の恒星炉から、あるいは船外に展開した太陽光パネルから何時でも取れる。また、睡眠も休息も食事も必要無い。

それに光宣がパラサイドールを作り、従えるのは初めてではない。三年前には同時に何体もコントロールしている。彼がパラサイドールを制御できなくなる可能性はゼロに等しい。

不眠不休で使える、裏切られる心配をしなくて済む下僕。

光宣のニーズには、確かにこの上なく適している。

『……もしかして、僕のリクエストを予測していたんですか？』

しかし話が早すぎる感は否めず、光宣は思わずそんな質問をしてしまった。

「そういうわけではないが……」

達也が苦笑を漏らす。

「パラサイドールは、使い方さえ間違えなければ有益な道具だ。いずれ光宣に色々試してもらうつもりでいたから、ちょうど良い」

光宣はちょっと釈然としない気持ちになりながら、もう一度「ありがとうございます」と頭を下げた。

［3］魔工院（2）

五月十六日、日曜日。達也は福岡行きのリニア新幹線の乗客となっていた。

隣の席には深雪、その向かいの席にはリーナ。目的地は終点の博多駅。途中新大阪に停まるだけの、所要時間二時間の旅である。

「これなら飛行機でなくても良いわね」

列車が関東州から中部州に入ったところで、リーナが窓の外を見ながら呟く。独り言というには大きめの声だ。

「飛行機の方が早く着くけど、余り差は無いし手続きに手間が掛かるものね」

深雪は独り言ではないと判断したようで、リーナの言葉に応えを返した。

「あーっ、アレは面倒臭いわね。魔法師には余計に時間を掛けるところがむかつくし」

憤るリーナに深雪は大きく頷き、達也は苦笑を浮かべた。

「メイジアンは民間旅客機に乗せてもらえない時代もあった。それを考えれば待遇は改善している」

「そりゃあ、そうだけどさ」

達也の指摘にリーナの怒りが萎む。彼女が再来日した三年前の時点でＵＳＮＡでは州によっては未だに、魔法師だけでなく魔法資質保有者の民間旅客機利用を事実上禁止しているところもあった。それを考えれば搭乗前手続きが追加されるくらい、まだマシだと言わざるを得ないからだ。

「リーナ。リニア新幹線なんて滅多に乗らないんだから、嫌なことを考えるより楽しみましょう？」

「……それもそうね」

深雪に宥められて、リーナは再び、高速で景色が流れている窓の外に目を向けた。

◇　◇　◇

終点の博多駅で降りて、三人は少し高めのレストランで昼食を済ませた。深雪とリーナが一緒では個室か、少なくとも半個室がある店でないと落ち着いて食事をとれないからだ。

食事を終えて個型電車ではなくロボットタクシーに乗り込み、福岡市郊外の目的地に着いたのは約束していた時刻よりわずかに遅い午後二時五分のことだった。

「何と言うか……普通ね」

タクシーを降りたリーナが門扉越しに中を見て、意外そうに感想を漏らした。達也も深雪も、それを否定しない。初めて訪れた十師族・八代家当主の自宅は、ごく平凡な木造二階建て民家に見えた。

達也がインターホンのボタンを押す。

応答はすぐにあった。ややたどたどしい口調で「うかがっています。中に入って少々お待ちください」と言われ、敷地内に入って玄関扉の前に立つ。

長く待つ必要は無かった。

「お待たせしました」

甲高い声と共に姿を見せたのは、小学生くらいの男の子だった。

「ど、どうぞ。父がお待ちしています」

父が、ということは、この少年は八代家当主・八代雷蔵の息子なのだろう。八代雷蔵は三十四歳。このくらいの子供がいても不思議ではない。

少年が赤い顔をしているのは、深雪とリーナを前にして緊張しているのだろう。無理もない。二人とも「絶世」という表現が少しも大袈裟ではない美女。少し噛んだ以外まともに喋ることができているのは、むしろ破格の胆力と言っても良い。

少年の案内で応接室へ。そこでは八代雷蔵と、彼の弟の隆雷が待っていた。

雷蔵と隆雷が立ち上がって達也たち三人を迎える。

一人一人挨拶を交わす。八代兄弟と初対面のリーナは自己紹介付きだ。それが終わったところでお茶を持ってきてくれた雷蔵の妻、彩織とも挨拶を交わして、五人は本題に入った。

達也の用件は「隆雷に魔工院の学院長を引き受けて欲しい」というものだった。

「……つまり四葉家は、弟を自分たちの部下にしたいと？」

「形式上は私と深雪の部下ですが、協力者としてお迎えしたいと思っています」

雷蔵の棘があるセリフに、達也は平然と反論した。

「隆雷さん、とここではお呼びしますが」

達也が隆雷に視線を投げる。

隆雷は了解の印に小さく頷いた。

「隆雷さんにとっても、魔法師としてより研究者としての役割を求められる職場はご希望に添うものと考えています」

八代雷蔵は十師族当主の地位に相応しい魔法力の持ち主だ。しかしそれとは別に、物理学の分野でも重力理論の俊英と認められており、福岡市内の大学で求められて講師を務めている程だった。――魔法大学とは違う、魔法学とは縁の無い大学から。

彼は現在も稼働している魔法技能師開発第八研究所の実質的な管理者も兼ねているが、この立場は魔法師としての技量で維持されているものではない。研究所員は魔法理論に対する雷蔵の深い見識に、自分たちの統括者たる資格を見出していた。

このように雷蔵は八代家当主でありながら魔法師よりも学者の側面が目立つ人物なのだが、弟の隆雷はこの傾向がさらに強い。国際社会においては、八代隆雷の名は魔法師としてよりむしろ電波工学の専門家として知られていた。彼はまだ三十歳だが、もし隆雷が魔法資質を保有していなかったなら世界を股に掛ける電波工学者として活躍しているに違いない。——もっとも彼が電波工学を修めるに当たり、放出系魔法を得意とし電磁波に対する高い感受性を備えていたという面を無視することはできないが。

「九月に開校を予定している魔法工業技術専門学院は、製造分野やインフラ整備・管理分野に魔法を応用する技術を教授します。その技術を以て、魔法で身を立てていくことが難しい魔法資質保有者でも、弱い魔法力で生計を立てられるよう手助けする。その為の教育訓練機関です」

「そうして貴方の会社の戦力になる従業員を確保するというわけですか？」

隆雷が達也に問い掛ける。その内容に反して、彼の口調には皮肉が感じられなかった。

「卒業生を拘束するつもりはありません。ステラジェネレーターは卒業生にとって、数ある就職先の一つです」

達也は一瞬も言い淀むことなく、隆雷の問い掛けを否定した。

「司波さん。貴方はご自分の目的を『魔法師の人権自衛』と仰った。そう、うかがっております。しかし最初に着手されたのは人権侵害に対して声を上げることではなく魔法師未満を対象とする職業開発事業だ。貴方の真意は何処にあるのですか？」

隆雷が達也の目をのぞき込む。

達也はその視線を真っ向から受け止めた。

「私が人としての権利を回復したいと考えているのは魔法師だけではありません。隆雷さんが仰る魔法師未満の魔法資質保有者を含む、全てのメイジアンです」

「メイジアンとは、そういう意味でしたか」

隆雷はメイジアン・ソサエティの結成もメイジアン・カンパニーの設立もニュースで知っている。だが正直に言って、ほとんど関心を寄せていなかった。今日の面談に臨み、詳細を予習することもしていない。達也の話に興味が無いわけではなかった。単に、分からないことはその場で訊けば良いと考えていたのだった。

「古のユダヤ人預言者は『人はパンのみにて生くるものに非ず』と説いたそうですが、同時に人は、食わねば生きていけません。信念や理想は必要ですが、それだけでは不十分です。『衣食足りて礼節を知る』と言いますが、人は困窮すれば礼節だけでなく、人としての権利すら手放してしまう。自活が可能な経済力は大前提です」

達也が口にしたことは、ある意味当然の内容だ。

「そうですね」

隆雷は然程感銘を受けた様子も無く、お座なりに相槌を打った。

「自分がどう生きるか。何をして生きるか。職業選択の自由は、生計を維持できる多様な就業先があってこそ成立します。多様な職場が存在するだけでなく、希望する職に必要とされるスキルを学ぶ機会があって、初めて人は自分が生きたいように生きることができると私は考えています。これは何も、メイジアンだけに限ったことではありません」

「司波さんご自身はどうなんですか？　貴方にはスキルも活躍の場もある。それで自由になれましたか？　軍事的抑止力そのものという貴方の立場は、本当に貴方が望んだものですか？」

「私自身が選んだものです」

隆雷に矛盾を突かれても、達也はひるまなかった。

「事実上、一つの選択肢しかなかったのは認めます。しかし今の私は、抑止力としてだけの存在ではない。戦略級兵器としての魔法師、それ以外の在り方は私が自分で作り出したものだと自負しています」

「それが恒星炉プラント……ステラジェネレーターですか」

「ええ、そうです。メイジアンの為の、兵器以外の選択肢です」

達也の言葉は嘘ではない。ただ、真実の全てでもない。

恒星炉プラントは、魔法師が兵器として扱われるのは当然という社会の風潮を壊す為に造った。その意味では、全ての魔法師、全てのメイジアンの為のもの。

しかしその奥にある真の動機は、深雪を自分のような破壊と殺戮の道具にはさせないという想いだ。深雪が兵器として生きることを強制される未来を消し去る。それこそが達也の、本当の目的だった。

「しかし先程も申し上げたとおり、選択肢はステラジェネレーターだけではありません」

そう言った後、達也は「いや……」と頭を振った。

「ステラジェネレーターだけであってはなりません、と言うべきでしたか」

「あくまでも選択肢を増やすことが重要だとお考えなんですね？」

隆雷の問い掛けに、達也は一切躊躇うことなく「そうです」と頷いた。隆雷も雷蔵も、達也の態度と口調に虚偽や隠し事が入り込む余地を微塵も見出せなかった。

「無限の選択肢を持つ人間など存在しないのは分かっていますが、メイジアンにはそうでないマジョリティより遥かに少ない選択肢しか与えられていない現状は、やはり間違っていると思います」

「魔法師、司波さんの言われるメイジアンも、魔法に関係が無い職業に就くことを禁じられているわけではありませんが？　マジョリティと同じように学べば、同じように普通の職に就くことが可能です」

しかし隆雷はまだ、完全に納得しているわけではなかった。彼は達也の話を真剣に受け止めているからこそ反論し、議論を続けた。

「本当にそうでしょうか」

達也の方にも、中途半端に終わらせるつもりは無かった。

「実質的な就業制限を仰っているのですか？」

「非公式な制限はこの際、横に置きます」

　一度間を置く為か、達也は手を着けていなかったお茶を一口含んだ。

「中学生時代までに自分の魔法の才能に見切りを付けた者は進路の転換も容易でしょう。しかし魔法科高校に進学して一定水準以上の魔法技能を身に着けた者にとって、自分が持つ才能と技能を活かす道が軍人や警察官にしかないとしたら、その人は果たして他の道を選べるのでしょうか」

「その場合、諦めるのも仕方が無いのでは？　自分の才能を活かせる職を得られないという話は、何も魔法師に限ったことではありませんよ」

「職が無いならそうでしょう。あるいは、自分の才能を自分の希望に適合させる手段が無いのであれば」

「要するに司波さんの目的はあくまでも選択肢を増やすことで、その為に弟の力を借りたいというのですね」

　ここで雷蔵が口を挿んだ。

　その声は鋭いものではなく、その口調は達也を詰問するものではなかった。

「隆雷、司波さんの答えは一貫している。四葉家の利益を狙っているわけでは無さそうだ」

「そうですね。司波さん、揚げ足を取るようなことばかり言って失礼しました」

　隆雷が雷蔵に小さく頷き、達也に頭を下げる。

「揚げ足などとんでもない。貴方のご指摘はどれも、もっともなものでした」

達也も隆雷に一礼を返す。彼は社交辞令ではなく、本気でそう思っていた。

メイジアンの職業選択権は口にしにくいデリケートな問題だ。それ故なのか、達也がこの種の議論を交わせる相手は中々いない。

「私たち兄弟は二人とも、子供の頃から好きなことを研究して生きていきたいと思っていたんですよ」

雷蔵の言葉に、達也は驚かなかった。ただ「そうですか」と相槌を打つ。

「幸い第八研が学術的な傾向を強く持つこともあって、比較的容易に十師族の魔法師と研究者の立場を兼ねることができました」

雷蔵の言葉に隆雷が頷く。

「十師族の務めは無視できませんので、研究だけで生きていくことはできませんが」

「それは、そうでしょうね」

達也の相槌には実感がこもっていた。彼の枷になっているのは十師族の務めではなく自身が保有する「世界を破滅させ得る魔法」だが、自由に生きられないという本質的な問題は同じだ。

「ですから私も弟も、思いどおりに生きられない息苦しさは理解できるつもりです。貴方に四葉家の私利私欲を優先する下心が無いと納得できましたので、弟をお貸ししても構わないと思います。隆雷、お前はどうしたい」

「私は司波さんのお話を受けたいと思います」

「司波さん、お聞きのとおりです。ただし二つ、条件があります」

「何でしょう。仰ってください」

達也は戸惑いを見せることなく雷蔵に先を促した。

「一つは、魔法工業技術専門学院の経営が軌道に乗ったら学校法人として独立させ、八代家を経営に参加させてください」

「承知しました」

即答した達也に、八代兄弟が意外感を露わにする。

しかしその表情はすぐに消えた。二人とも、経営参加の条件は達也にとって予測済みのものだったと理解した。

「もう一つの条件は、司波さん個人のご協力です。天才魔工師『トーラス・シルバー』の力を私たちの研究に貸していただきたい」

「……内容について、うかがっても良いですか？」

しかし今度は、即答とはいかなかった。

「ステラジェネレーターの事業にとって、一時的に競争相手を育てることになりますが、最終的には市場が拡大し利益につながると思います」

「競争相手ということはエネルギー関連……。まさか、縮退炉ですか⁉」

目を見開いて問い返す達也。

縮退炉とは端的に言えば、極小のブラックホールからエネルギーを取り出すシステムだ。理論的にブラックホールは熱を放射しながら質量を失っていく、言い換えれば蒸発すると考えられている。ホーキング輻射と呼ばれる現象だ。

ホーキング輻射はブラックホールの質量が小さいほど高温になると予測されている。それは同時に、短時間で蒸発して消滅するということでもある。

マイクロブラックホールを生成し、蒸発に伴う熱放射をエネルギー源として利用する。マイクロブラックホール生成に必要なエネルギーより回収される熱エネルギーが十分に大きければ、発電システムとして実用化が可能だ。

マイクロブラックホールは極短時間に消滅するから、暴走のリスクも小さい。ブラックホールの質量がそのまま熱エネルギーに変換されるから、放射性廃棄物も発生しない。

高出力、無公害の発電システム。これが縮退炉。八代家の兄弟が実現に取り組むのは、二人の専門――重力と電磁気力――を考えれば納得できるテーマだった。

雷蔵は達也の質問に苦笑を漏らした。

「やれやれ、これでは言葉を濁した意味がありませんね。正解です。私たちは以前から重力制御魔法で縮退炉を実現できないかと研究を重ねてきました」

「…………」

「……達也様」

「……タツヤ」

言葉を失った達也に、今まで口を閉ざしていた深雪とリーナが深刻な声音で話し掛ける。

何事かと、今度は八代兄弟が目を見張った。

「……八代さん」

深雪とリーナに見守られて、達也が重くなった口を開く。

「お忘れですか？　マイクロブラックホールの生成は、パラサイトをこの世界に招くリスクがあります」

二〇九六年二月上旬、USNA発のニュースはマイクロブラックホール実験がパラサイト発生の原因になったと報じた。それが事実であることは十師族の間で情報共有されていたはずだ。

「マイクロブラックホール生成の際にパラサイトが侵入するリスクは承知しています。その対策も含めて、司波さんにご助力いただきたいのです」

「………………分かりました。ご協力します」

短くない考慮の末、達也はその条件に同意した。

深雪とリーナが両方から小さく、達也の袖を引く。きっと二人とも「パラサイトが発生するリスクがある計画に協力して良いのか」と言いたいのだろう。

達也としても気は進まない。だが自分が協力しなかったからといって、八代家は縮退炉開発を止めないに違いない。この二人は明らかに学者肌だ。多少のリスクより自分たちの知的満足を優先させる気がする。ならば自分の目が届くよう、計画に参加するべきだと考えたのだ。

「そうですか！　よろしくお願いします」

達也の回答に雷蔵は喜色を露わにし、

「司波さん、よろしくお願いします。その魔工院には何時うかがえばよろしいですか？」

隆雷は姿勢を正して一礼した。

「八代さんたちの都合がつき次第で結構です」

本当は早ければ早いほど良いのだが、急かすのは得策ではない。これは別に、達也でなくても分かることだった。

「では今週の土曜日で如何でしょう？」

「そんなに早く来ていただけるのですか？」

達也は敢えて驚きを隠さず問い返す。

「ええ。私は兄と違って教職に就いていませんから」

隆雷の答えはあっさりしたものだった。彼が去年の十月に市内の大学を辞めたことは達也も知っている。そうでなければ魔工院には招かなかったが、達也が思っていた以上に隆雷は大学に未練がないようだ。

「では、土曜日にお待ちしております」

こうして達也はパラサイトの再襲来という大きな不安を代償に、魔工院の学院長として八代隆雷の招聘に成功した。

［4］レリックをめぐる戦い（1）

USNAサンフランシスコ郊外に本拠を置く『FAIR』という団体がある。表向きは人間主義者——魔法を人間にとって不自然な力と決めつけ、人間は天（あるいは神）に与えられた自然な力だけで生きて行くべきとする宗教的な側面を持った魔法師排斥活動家——をはじめとする反魔法主義者による魔法師迫害から同胞を守る為の団体というのが建前だった。

だが『Fighters Against Inferior Race（劣等種（による迫害）に対して戦う者たち）』という秘匿された正式名称から分かるとおり、FAIRは独善的かつ戦闘的な団体だ。司法当局の摘発こそまだ受けていないが、魔法を使えない「マジョリティ」を下等人種と見下し自分たちの権利を守るためならば暴力も肯定する。

この点がFAIRとFEHRの最大の違いだ。今のところ合法的な闘争に拘っているFEHRと、非合法の手段も厭わないFAIR。これは二つの組織の代表者、レナ・フェールとロッキー・ディーンのスタンスの違いでもある。FAIRは、魔法至上主義過激派の集まりと表現しても過言ではない。

USNA、五月十一日のこと。FAIRのリーダー、ロッキー・ディーンの部屋に三十歳前後の妖艶な美女が入室した。実用性を重視した、言い換えれば意外に質素な椅子に座るディーンの前にデスクを挟んで立つ美女は、彼の側近兼愛人のローラ・シモンだ。

「閣下（マイ・ロード）。オリジナルレリックが発掘された場所に関する調査結果が纏（まと）まりました」

「聞かせてくれ」

ディーンは机の上から手を下ろし、強い興味が窺（うかが）われる表情でローラに目を向けた。それ以上の目立つ反応はしなかったが、ローラが持ってきた報告はディーンが現在優先順位一番を付けている情報だった。

「オリジナルレリックの発掘場所は日本の中部地方に位置する標高三千メートルの山、乗鞍岳（のりくらだけ）の山麓です。こちらの地図をどうぞ」

そう言ってローラが電子ペーパーを差し出す。

ディーンはそこに表示された地図を何度か拡大・縮小した後、デスクに端末を置いて視線をローラに戻した。

「海岸線からも空港からも距離があるね……。手の者を送り込むのは難しそうだ」

「地理的な条件もありますが、それ以上に発掘現場は日本軍が警備を固めているようです」

「盗掘は難しそうか？」

「盗取も難しいと思われます」

ローラの答えは口調こそ控えめだったが、考える素振りも見せない即答だった。

「フム……。レリックの原料については何か分かったかい？」

ディーンは一息（ひといき）吐いて、話題を変えた。

「レリックには異なる素材を用いた複数の種類が存在するようです。現在のところ判明しているのは翡翠（ジェダイト）。産地は日本海沿岸の糸魚川（いといがわ）でした」

「翡翠（ジェダイト）？」

ローラの回答にディーンが首を捻（ひね）る。

「人造レリックの色から考えて、赤瑪瑙（レッドアゲート）と思っていたんだが」

人造レリックの外見は赤みを帯びた透明感と光沢のある玉。翡翠（ジェダイト）とは明らかに色味が違う。

「ご存じかもしれませんが、純粋な翡翠（ジェダイト）は無色です。レリックはグリーンの翡翠（ジェダイト）から魔法加工によって色素の元になる化合物を抜き出し、代わりに浸透させた硫化水銀で魔法的な回路を形成しているようです」

だがローラの説明を聞いて、ディーンは納得感を覚えた。

「硫化水銀？　確か賢者の石とも同一視されることがある魔法的な素材だったね」

同時に、その素材に強く興味を引かれた。

「そうです。極東では辰砂（しんしゃ）、あるいは丹（に）と呼ばれ、魔法素材としてヨーロッパよりも重んじられていました」

「なる程。古代の極東では黄金以上に珍重されていたという翡翠（ジェダイト）と魔法素材として重視されていた硫化水銀の組み合わせか……」

ディーンが自らの思考に沈む。

ローラは首領が再び口を開くまで、辛抱強く無言で待った。

「……産出地の、糸魚川（イトイガワ）？　だったか。地図に出してくれ」

ローラがデスクの上に置かれた電子ペーパーを手に取って操作する。

「さっきの乗鞍岳（のりくらだけ）山麓よりはマシだが……」

ディーンは再び手渡された地図を見ながら顔を顰（しか）めた。

「閣下（マイ・ロード）。レリックの再現を試みるならば原石を採取するのではなく、発掘された古代の遺物を奪い取って素材にすべきだと考えます」

「……そうか」

ディーンは「何故（なぜ）？」とは訊（たず）ねなかった。

ローラ・シモンは「魔女」。現代の魔法師とは一線を画する、魔法学では合理的に説明できない能力を複数持っている。

直感的洞察力、霊感（インスピレーション）もその一つ。それをディーンは良く知っていた。

「幸い二年前に加工途中のレリックが出土し、現地の博物館に展示されています」

「加工途中で魔法的な効果を持たないから、単なる考古学的資料として展示されているのだね？」

ローラが話したことはディーンが前に読んだレポートにも書いてあって、彼はそれを覚えていた。

「仰るとおりです」

「警備もレリックに比べれば遥かに手薄だと？」

「御意」

恭しく一礼するローラを見ながら、ディーンは短時間で思案を纏めた。

「――ではその方向で、日本の友人たちに仕事を頼もうか」

「私も、それがよろしいかと存じます」

ローラはもう一度丁寧に頭を下げて、ディーンの決定に同意を示した。

中部州旧新潟県糸魚川は世界最古の翡翠原石の産地であり、かつ世界最古の翡翠加工品が発掘された場所としても知られている。

翡翠製の勾玉とその工房は二十世紀後半に発掘され、以後世界大戦期を挟んで現代まで調査が続いている。二年前にも古墳時代の物と見られる新たな加工途中の勾玉が発掘された。

ただ、古墳時代の遺物は初めてではなく類似した物が何点か発掘済みであったこともあり、考古学的に貴重ではあるが然程特別視はされずそのまま地元の博物館に寄贈されている。

このような事情からも分かるように、博物館に展示されている勾玉の半製品には大して金銭的な価値は無い。古代史マニアのコレクターならそれなりの値段を付けるかもしれないが、あくまでもそれなりだ。博物館側も特別な警備体制は敷いていなかった。

油断していたと誹ることはできないだろう。特別な措置を執らなかっただけで、無防備だったわけではないのだから。

だが結果的に、博物館の警備担当者は責任を取って職を辞さなければならなかった。

五月十七日の夜、当該博物館に侵入した賊は事務室の金銭には目もくれず、加工途中の状態で発掘された翡翠の勾玉を持ち去った。

五月十九日水曜日、東京の魔法大学に通う一条将輝は父親で十師族・一条家当主の一条剛毅に金沢へ呼び戻された。何の前触れもなくいきなり、しかも魔法大学の一時限目と二時限目の狭間の時間を狙った電話で呼びつけられた将輝は、首を傾げながらも昼食も取らず電車に乗り金沢へ帰省した。

いきなり帰ってきた将輝を、母親の美登里は目を丸くして出迎えた。どうやら彼女は、夫が息子を呼びつけたことを聞かされていなかったようだ。

そんな母の様子に将輝は頭を抱えることもなく「またか」とだけ思った。剛毅が大雑把なのは今日に始まったことではない。

「……母さん。親父は？」

「書斎よ」

「分かった」

彼は高校時代のまま残してある自室に荷物を置いて、そのまま父の許に向かった。

「親父、入るぞ」

「将輝、ようやく戻ったか」

書斎を訪れた将輝を、剛毅は「待ちかねた」という顔で出迎えた。

「これでも大学から直行したんだがな……」

「むっ、そうなのか？　では、昼飯もまだか？」

「いや、トレーラーの中で済ませてきた」

個型電車は基本的に近距離の交通機関。これに対してトレーラーは、遠距離を移動する際に乗り換えの手間を省く為、個型電車ごと収納して乗客に広く寛げる空間を提供する大型列車だ。トレーラーの車両は二階建てで、一階は個型電車の格納スペース、二階は乗客が手足を伸ばせるフリースペースとなっている。

その二階には簡単なレストランやカフェ、売店も備わっている。大学で昼食を取り損なった将輝は、トレーラーのレストランで簡単な食事——と言ってもファーストフードだが——を済ませていたのだった。

「それで態々呼びつけた理由は何だ？　電話やメールでは伝えられない程、機密性の高い話なのか？」

「現段階ではどの程度の重要度なのか判断が付かん」

「つまり、もしかしたら最重要機密になるかもしれない案件なのか」

「そういうことだ」

「聞かせてくれ」

将輝のリクエストに、剛毅は「うむ」と頷いた。

しかしその時、美登里がお茶を持ってきたのでいったん話が中断される。

「母さん、言ってくれれば俺が取りに行ったのに」

「良いのよ。貴方は遠くから帰ってきたばかりなのだし。ただ冷たい物が欲しかったら自分で取りに来てね」

そう言って美登里が書斎から出て行く。

「一昨日の夜」

剛毅は咳払いなど態とらしい仕切り直しはせず、すぐに話を再開した。

「糸魚川の博物館から古墳時代の遺物が盗まれた」

「遺物？　具体的には何が盗まれたんだ？」

「翡翠製の勾玉だ。正確には、その仕掛品だな」

剛毅の答えを聞いて、将輝が訝しげに眉を顰める。

「勾玉……。そんなに価値のある物なのか？」

「考古学的に貴重な遺物だが、それ以上の価値は無いと思われていた」

将輝が懐いた疑問は的外れではなかった。剛毅の思わせぶりな答えがそれを暗示していた。

「思われていた？」

「現場検証の結果、盗みに魔法が使用されたと分かった」

「盗難犯は魔法師なのか!?」

「昨日、家の者にも調べさせた。間違いない」

「そうか……」

将輝の声には失望が混じっていた。魔法師も善人ばかりではない。だが一部の犯罪者の為に、また魔法師全体が偏見に曝されるのかと苦々しく思ったのだった。

「だが問題は、そこではない。残念ながら魔法師による犯罪は、それほど珍しいものではないからな。その程度のことで、いちいちお前を呼び戻しはしない」

それほど珍しくない、というのは悲しむべきことに事実だ。

「では何が問題なんだ？」

将輝は気持ちを切り替えた。

それを確かめて、剛毅も本題に戻る。

「魔法師が関わっていると分かり、盗まれた勾玉について調べ直してみた。単なる考古学的遺物としての価値しか無いなら現金化も難しいだろうからな」

「確かに……」

「その結果、勾玉はレリックに加工中の物だったことが判明した」

「レリックだと!?　まさか、魔法式保存のレリックか？」

将輝が驚愕の声を上げる。

しかしそれは少し、早とちりだった。

「どんな効果を持つ物になる予定だったのかというところまでは分からなかった」

もっとも恒星炉に使われている人造レリックの印象が強すぎて、レリック＝魔法式保存の道具と短絡してしまう魔法関係者は、おそらく将輝だけではない。

「……だが何らかの魔法的な効果を持つレリックなんだな？」

「それは確かだ」

気を取り直して将輝が訊ねた質問に、剛毅は即、頷いた。

将輝がしばし、沈黙に沈む。与えられた情報を消化するのに少し時間が掛かっているようだ。

糸魚川は——北陸は一条家が受け持つ監視対象区域。そこで魔法師が魔法的な価値を持つ物を公共施設から盗み出した。十師族・一条家として放置できない事件であることは間違いない。

　また、レリックが絡んでいるなら情報管理に神経を使うのは必須と言える。これならいきなり呼び戻されても当然だと、将輝は思った。

「……それで俺は、何をすれば良い？」

「盗まれた勾玉には、魔法的な価値はあってもそれ自体に魔法的な効果は宿っていなかった。犯人があれだけで満足するとは思えない」

　剛毅のセリフは直接の回答ではなかったが、将輝にとっては十分答えになっていた。

「別の聖遺物を狙うと？　その阻止が俺の役目か？」

「聖遺物とは限らない。今回のように、聖遺物に加工途中の遺物かもしれない。今、犯人の標的になりそうな物を調べさせている」

　剛毅は将輝の推測に頷かなかったが、否定もしなかった。

「俺の出番は、その調査が終わってからか……」

「そういうことだ。いったん東京に戻り、出番に備えておけ」

　剛毅の指図を、将輝はしっかり心に留めた。

「……ところで、幾ら機密性が高くなるかもしれない案件とはいえ東京に戻って良いのなら、魔法協会にある十師族用の暗号回線を使わせてもらえば良かったんじゃないか？」

　将輝の何気ない問い掛けに、剛毅は「ムッ……」と唸ったきり答えなかった。

◇◇◇

十師族の間で急遽オンライン会議が持たれたのは、その翌日のことだった。

『――では一条殿。本題をどうぞ』

この会議は一条剛毅からの「情報を共有したい」という申し出で開かれたものだ。簡単な挨拶の後、最年長の二木舞衣が剛毅に報告を促した。

「早速だが」

前置きをそれだけに留めて、剛毅は促されたとおり本題に入る。

「十七日の夜、旧新潟県糸魚川の博物館に魔法師が集団で侵入し展示物を持ち去った。盗まれたものは古墳時代の出土品。加工途中の翡翠製勾玉だ」

『古墳時代の勾玉ですか』

最初に反応したのは、五輪家当主・五輪勇海だった。

『その勾玉は、我々にとって価値のあるものなのですか？』

七草家当主・七草弘一が続けて訊ねる。

「無い、と思われていた。だから普通の博物館に展示されていたのだ」

『しかし、それは間違いだったということですか』

ここで八代雷蔵が会話に加わった。

「盗難が魔法師の犯行と判明した時点で調べ直させた。盗まれた勾玉はレリックに加工する途中の物だったようだ」

『レリックですと⁉　そんな物が何故一般の博物館に展示されていたのだ』

剛毅の答えに三矢家当主・三矢元が声を荒げる。

「博物館に収められていた勾玉に魔法の力は一切宿っていなかった」

いつもであれば、こうして声を上げるのは剛毅の役目だ。だが今日は質問を受ける立場。彼は殊更冷静な口調で三矢元の疑問に答えた。

『魔法が付与される前の段階だったということですね』

「そういうことだろう」

七宝家当主・七宝拓巳の言葉に剛毅はやや大袈裟とも思われる程、大きく頷く。

『一条殿は次の犯行を予想されているのですか？』

そう問い掛けたのは六塚家当主・六塚温子。

「そう思っている」

剛毅はこの質問にも頷いた。

『ところで一条殿。盗難犯の行方や正体については何も分かっていないのですか？』

訊ねたのは十文字家当主で魔法大学を卒業したばかりの一高ＯＢ、十文字克人。

「一応警察に協力を申し出たのだが、拒否された」

今まで冷静な態度を保っていた剛毅が、忌々しげに顔を歪めた。

『協力の押し売りはできません。今のところ単なる窃盗犯ですし、警察に任せるしかないでしょう……。それで一条殿、今後の方針については如何お考えですか？』

舞衣が剛毅を宥め、その上でこれからどうするつもりなのか訊ねる。

「盗まれた物と類似した発掘品が保管されている場所を調べさせている。分かり次第、情報は共有させていただく」

『私の方でも調べてみましょう。結果はすぐにお報せしますよ』

申し出たのは七草弘一。

「よろしくお願いする」

剛毅がモニターに向かって頭を下げる。

それ以上の発言はなく、オンライン会議は終わった。

オフになったカメラの前から立ち上がり強張った首を大きく回しながら、剛毅は四葉家当主の四葉真夜が質問も意見も述べなかったことに気付いた。しかし彼は「単に口を挿む機会がなかったのだろう」と考えて、それを気に掛けなかった。

巳焼島西部の四葉家専用施設——四葉家巳焼島支部とでも呼ぶべき物——と町田のメイジアン・カンパニー本社は小型ＶＴＯＬによるシャトル便で結ばれていた。一つの機体が往復するのではなく二機のＶＴＯＬを巳焼島と町田から同時に飛ばしている。出発時刻は八時発、十一時発、十五時発、十七時の一日四便だ。

しかしそれだけが四葉家の交通手段ではない。四葉家は旧山梨県小淵沢駅から少し離れた所に法人名義のヘリポートを所有しており、本家から巳焼島に来る場合はそこを利用することが多い。

五月二十日、午後四時半。島の南東沿岸に浮かぶ巨大メガフロート『西太平洋海上空港』ではなく北部の旧空港に到着したＶＴＯＬも、小淵沢近郊のヘリポートから飛び立った物だった。

四葉家専用施設の研究室で人造レリック『マジストア』の改良に取り組んでいた達也は、インカムの呼び出し音に顔を上げた。

『達也様、ただ今よろしいでしょうか』

応答ボタンを押した直後、一礼しながらモニターに現れた彼の専属執事である花菱兵庫に問い掛けられる。

「構いません。何かありましたか？」

本当は少々面倒臭い計算をしている最中だったが、特に急ぐ必要はない。達也は兵庫に何の用件か先を促した。

『津久葉夕歌様がお見えです』

津久葉家は七つある四葉分家の一つ。夕歌はその跡取りだ。強力な精神干渉系魔法の遣い手で、今は本家の研究室で働いている。

「夕歌さんが？　今どちらに？」

『荷物がお有りでしたので、一階の会議室でお待ちいただいております』

「分かりました。すぐに行きます」

四葉家の中では達也に好意的な彼女だが、完全な味方とも言い切れないところがある。夕歌は実力的な意味でも政治力的な意味でも、彼にも軽視できない相手だ。

達也は人造レリックに使用する分子魔法陣の設計に使っていた端末を閉じて、地下の研究室から一階に向かった。

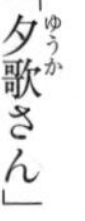

「夕歌さん」

「達也さん、お久し振りね」

夕歌と直前に会ったのは四月初めのことだ。達也の感覚では、久し振りという程ではない。だが本家でいつも同じ面子と働いている夕歌にとっては、久し振りと感じられるのかもしれない。

「すみません、お待たせしました」

達也は感覚の違いを会話で埋めようとはせず、単なる挨拶として謝罪した。

「私の方こそ事前に連絡もせず、突然ごめんなさい」

夕歌の「ごめんなさい」にも全く心がこもっていない。

もちろん達也も夕歌と同様に、そんなことは全く気にしなかった。

「夕歌さん。御用件をうかがっても？」

「ご当主様のお使いよ。荷物と伝言を届けにきました」

「それはありがとうございます。あれが荷物ですか？」

達也は会議室の隅に運び込まれている棺桶大のコンテナへ目を向けた。

「ええ。予想は付いていると思うけど、確認してください」

達也と夕歌が同時にコンテナへ歩み寄る。

夕歌がリモコンキーを取り出してコンテナを解錠した。

彼女に目で促され、達也が蓋を開ける。表面に軽く触れるだけでコンテナは自動的に開いた。

「これは……、戦闘用ガイノイド・マルチロールタイプ二一〇〇ですか」

コンテナの中身は女性型の戦闘用ロボットだった。今は機能を停止している。

「正解。一目で分かるとは相変わらずの知識量ですね」

型番を言い当てた達也に、夕歌はそれなりの驚きを見せた。「それなり」だったのは、達也なら多分この軍用ロボットのことも知っているだろうと思っていたからだ。

「最新鋭の機体がよく手に入りましたね」

このガイノイド（女性型アンドロイド）の型式『二一〇〇』は二一〇〇年モデル、つまり今年の最新モデルであることを示している。戦闘用ロボットでも非ヒューマノイドタイプと違ってヒューマノイドタイプは軍だけでなく警察での使用も想定されているが、最新機種が供給されるのはやはり国防軍が先だ。達也の感想は的を外していない。

「頻繁に交換できる用途ではないから、最新のモデルを用意したそうですよ」

「なる程」

アンドロイドの耐用年数は戦闘用、非戦闘用を問わず十年とされている。使い方次第ではもう少し早く機械的な限界が訪れる。

達也に仕えているパラサイトの宿る機体、ピクシーは稼働を始めてから五年が経過している。まだ耐用年数の半分だが、そろそろ燃料電池に劣化が見え始めていた。足のアクチュエータは想定外の使用をした為に傷みが早く、既に交換済みだ。戦闘用ガイノイドは燃料電池ではなく全固体電池を使用しており動力機構も戦闘用だけあって頑丈に作られているが、人の寿命より先に機械的な限界が訪れるのはまず間違いない。

機械であれば、動かなくなった物は交換すれば良い。だがパラサイトの器として使うなら、そう簡単にはいかない。パラサイトの本体を別の機体に移し替えるのは、不可能ではないが手間が掛かる。しかもこの機体は、対地高度六千四百キロメートルの高千穂で運用する予定だ。オーバーホールも手軽には行えない。長く使える物を選ぶのは当然の配慮だった。

小さく頷く達也の横で夕歌は腰を屈めコンテナの隅に手を伸ばして、厳重に梱包された小箱を手に取り達也に差し出す。

「そしてこちらが例の物です」

達也はその箱を開けようとしなかった。中に何が入っているのかは分かっている。三年前の七月にこの島で文弥がパラサイトを封印した人形だ。

達也は小箱をコンテナに戻し、蓋を閉めた。鍵は掛けないが、セミオートの開閉機構は無効化しておく。このコンテナは今晩、宇宙に飛ばすのだ。人形とガイノイドは、光宣がパラサイドールを作成する材料。間違って中身が散らばったら大変なことになってしまう。

「確かに受領しました。では、ご伝言を承ります」

「夕歌様。どうぞこちらへ」

達也の言葉を受けて、兵庫が夕歌に席を勧める。

夕歌は彼が引いた椅子に腰を下ろした。

達也がその正面に、自分で椅子を引いて座る。

「今日の午前中、オンラインで臨時師族会議が開催されました」

「何が話し合われたのですか？」

メイジアン・ソサエティやカンパニーの件を師族会議で取り上げるべきという声の存在は達也も知っていた。だがそれが議題になるなら、彼の許に話があるはずだ。他に大きな事件が発生したとも聞いていない。思い当たる件があるとすれば達也自身が当事者だった外国の魔法至上主義過激派・ＦＡＩＲによる人造レリック盗難未遂事件だが、その場合も会議の開催を達也が事前に知らされていないということはあり得ない。

「糸魚川で発生した魔法師による盗難事件について」

「魔法師犯罪は一々師族会議を開かなければならないほど珍しいものではないでしょう」

「単なる窃盗ならね」

夕歌の意味深な口調に、達也が眉を顰めた。

「何が盗まれたんですか？」

「博物館に展示されていた古墳時代の勾玉。翡翠製の仕掛品よ」

「……それはもしかして、レリックの素材ですか？」

達也の推測に、夕歌が目を丸くする。

「大正解！　さすがはレリックの専門家ね！」

ここに来て夕歌の口調が本格的に崩れる。

「専門家というわけではありません」

「私たちの間で謙遜は無用よ。レリックの謎を解明し精製に成功した貴方以上に、レリックに詳しい人なんていないわ」

「俺はオリジナルの模造品を作っただけですよ」

それを聞いた夕歌は目を細め、「誤魔化すな」と言いたげに達也を睨んだ。

「それ、部外者に対する欺瞞よね？　貴方は人造レリックと呼んでいるけど、そもそもレリックはオリジナルも人の手で作られた魔法具でしょう。貴方の人造レリックは、オリジナルを現代の製法で再現したもの。だからこそオリジナルよりも性能を高めることもできる。そうじゃないの？」

「話を戻しましょう」

達也がそう提案したのは、照れ臭くなったからではない。面倒になったからだった。

「──分かりました」

夕歌は脱線を自覚し、口調を戻してそれに頷いた。

「犯人の目星は付いているんですか？」

夕歌の話を聞き終えて、達也は彼女にそう訊ねた。

「いえ、師族会議ではそこまで言及されなかったようです」

「師族会議の結果は既に聞かせてもらいました」

達也の視線に夕歌が軽くため息を吐く。

「……そこまで教えるようには指示されていないのですけど」

「禁じられてもいないのでしょう？」

要するに達也は、師族会議の報告者である一条家の調査結果ではなく、四葉家が調べたことを話せと言っているのだった。

「確かに禁じられてはいませんね……」

夕歌は頭痛を振り払うように小さく頭を振った。

「……これは確定情報ではありません。それでも良いですか？」

「構いません。お願いします」

話したくない、という夕歌のアピールは、達也には通用しなかった。

「犯人グループは高確率で進人類戦線です」

夕歌は仕方無くという気持ちを声音で精一杯表現しながら、達也の求める情報を開示した。

「進人類戦線というと、国内の非合法魔法至上主義過激派組織でしたか」

魔法至上主義団体『進人類戦線』。「新人類」ではなく「進人類」。「進化した人類」の意味だ。

この名称から分かるように、彼らは魔法資質保有者を人類の進化形と見做している。

この思想は進人類戦線の専売特許ではなく、FEHR（Fighters for the Evolution of Human Race：人類の進化を守る為に戦う者たち）やFAIR（Fighters Against Inferior Race：劣等種（による迫害）に対して戦う者たち）にも共通している。

「そうです。どうやら先日、人造レリックを狙ったFAIRと協力関係にあるようですね」

夕歌は達也の言葉を認め、そこに彼が知らなかった情報を上乗せした。

「FAIRの同盟者ですか……」

「ええ。元々はFEHRの日本支部を作ろうとして結成された組織だったようです」

この説明は、達也の認識と食い違っていた。

「FEHRにはまだ、日本に手を伸ばす程の勢力は無いはずですが」

彼はそれを、反論の形で問い掛ける。

「FEHRのリーダーが設立したものではなく、彼女の思想に共鳴した日本の魔法師グループが勝手に結成したものです」

　夕歌の答えは達也に新たな疑問をもたらした。

「それが何故、FEHRではなくFAIRと？」

「進人類戦線のメンバーの多くは、非合法な魔法師排斥運動に対抗する為ならば非合法の実力行使もやむを得ないという思想の持ち主でした。ですがFEHRのリーダーであるレナ・フェールは今のところ、非暴力に拘っています。進人類戦線はそれにしびれを切らして、FEHRからFAIRへ鞍替えしたという事情らしいです」

「なる程」

　ありがちな話だ、と達也は思った。

「――では、今回レリックの素材が盗まれたのは先般の事件と同じ黒幕に使嗾された、一連の事件であると本家は考えているんですね」

「そうです」

　達也の推測に夕歌が頷き、今日は伝える予定が無かったメッセージを付け加える。

「ご当主様は『場合によっては達也さんに手伝ってもらうことになるかもしれない』との仰せでした」

「夕歌さん、『承知しました』と母上にお伝え願います」

　四葉家の内部では――無論、対外的にも――達也は真夜の実の息子ということになっている。達也の回答はそれを踏まえたものだった。

[5] 魔工院(3)

開校準備中の魔工院(魔法工業技術専門学院)が学院長となる人物を迎えたのは、五月二十二日、土曜日のことだった。

達也が事務室まで連れてきた人物に、真由美は目を白黒させている。遼介が思わず小声で「お知り合いですか」と訊ねた程の驚き様だ。

遼介が学院長に決まった人物に対して懐いた感想は「若いな」というものだった。若いといっても遼介よりは年上だろう。だが、おそらく十歳も離れていない。もしかしたらまだ二十代かもしれない。

身長は大体遼介と同じくらい。二、三センチ遼介の方が高いかな、という程度のわずかな差だ。身体付きは細身。遼介も外見だけなら細い方だが、彼は着痩せする質というだけで筋肉の量は多い。「脱ぐと凄いんです」の男性版を地で行くタイプだ。だが学院長に選ばれた青年は着痩せしているのではなく本当に痩せているように思われた。

容姿や身に纏う雰囲気から受ける印象は「如何にも研究者」というものだ。この点は学院長という職に相応しいかもしれない。……実際には、学校の校長は学識よりむしろ教職員に対する管理能力の方を要求されるのかもしれないが、これはあくまで遼介のイメージである。

「紹介します。魔工院の学院長を引き受けてくださった八代隆雷さんです」

遼介が真由美から答えを得るより、達也が学院長を紹介する方が早かった。

（『八代』？）

「専務、失礼かとは存じますが……」

遼介の口から反射的な質問が飛び出す。

「八代さんは十師族・八代家当主の弟さんです」

しかし問い掛ける言葉が完成する前に、達也の口から答えがもたらされた。

（やはり十師族……）

遼介は真由美の表情の訳を覚った。こんなの、驚くに決まっている。遼介だって驚愕を禁じ得ない。

魔工院はメイジアン・カンパニーが運営する教育訓練機関。

メイジアン・カンパニーは達也が設立した社団法人だが、理事長に四葉家次期当主の深雪をいただいていることからも明らかなように、四葉家と密接に関係している。達也と四葉家の力関係が分からないからカンパニーが四葉家の支配下にあると断定はできないが、ファミリー法人と言えるのは間違いない。

その四葉家関連法人の部門長に八代家当主の弟が就任するというのだ。同じ十師族ではあっても、真由美の場合とは少々わけが違う。真由美は単なる事務員で、しかも彼女の方から求職に来た。多分カンパニーの目的を探る為に七草家から送り込まれたのだろう。

八代隆雷の場合は達也の方から就任を頼みに行っている。そして八代家はその場で隆雷の魔工院学院長就任に同意したようだが、もしかしたら事前の交渉があったのかもしれない。いや、そう考える方が常識的だろう。もしそうであれば隆雷の学院長就任の裏側で、四葉家と八代家の間に様々な取り決めがなされたと考えるべきだ。

八代家が四葉家の傘下に入ったということではないだろう。その逆はもっとあり得ない。四葉家と八代家が同盟を結んだのだろうか。

——遼介はそう考えた。隆雷が学院長を引き受けたのは兄の雷蔵と共に達也の理想に共鳴したからで、真由美と遼介に対する挨拶の際に隆雷は自分からそう語ったのだが、彼はその言葉を信じ切れずにいた。

当たり前だが波紋は学院内、メイジアン・カンパニー内にとどまらなかった。

「それは本当か？」

これは約二週間ぶりに実家へ戻ってきた真由美から八代隆雷の魔工院学院長就任の報せを聞いた時の、七草弘一の第一声である。彼程の人物でも驚きの声を押さえられなかった。いや、隠そうと意識する前に声が出てしまうほど強い衝撃を受けていた。

　実はそれを目の当たりにして真由美は心の中で快哉を叫んでいた。彼女が覚えた感情は、平たく言い換えれば「ざまあ見ろ」か。いつも弘一に無茶を強いられている真由美にとって、父の狼狽する姿は愉快なものだった。彼女も父親が原因の度重なるストレスで少し人が悪くなっているのは否めない。

「もちろん本当です。こんなことで嘘を吐く理由はありません」

「いや、それはそうだろうが……」

「信じられませんか？」

　少し意地の悪い口調で真由美が父親に問い掛ける。

「正直に言えば信じられないが、信じるしかあるまい」

　弘一は脱力し、ソファの背もたれに身体を預けた。

「それにしても……八代家が四葉家と手を組んだのか？」

　十師族は魔法師の利害を代表する集団を自認している。魔法師の利害を代弁する組織としては日本魔法協会が存在するが、協会は公式の組織として政府の意向を無視できない。核戦争の防止という絶対に譲れない目的の為には、政府に大きく譲歩することもやむを得ないという雰囲気がある。

　それに対して十師族は時に政治家や財界人に便宜を図り、時に自ら泥をかぶって権力者に貸しを作る代わりに魔法師の利益を追求し不利益を阻止する。十師族の活動には権力者との裏取引を常とし非合法活動も厭わないところがある。

　ところで、人は一度非合法活動を必要悪と認めてしまうと、それを口実にして歯止めを失いがちだ。その結果、やり過ぎて裁かれるか、自滅してしまう。それを避けるべく、十師族は相互監視の不文律を自分たちに課していた。

　その趣旨を考えれば、十師族同士が手を結ぶのはルール違反である。人の集団である以上、派閥が形成されるのは避けられない。だがそれは、相互監視を妨げない範囲にとどまるものでなければならないのだ。他の一族に断りもなく共同で事業を進めるのは、十師族体制を害する可能性が高いと言わざるを得ない。

「八代隆雷さんが個人的に協力しているとは考えられませんか？」

「個人的に、四葉家に協力？」

「四葉家に、ではなく司波専務個人に、です」

　真由美の指摘を聞いて、弘一が思考に沈む。

「……いや、隆雷さんが司波君個人と密約を結んだというのは考えにくい。四葉家ではなく司波君個人と手を組んだとしても、それは八代家としての決定だろう」

　弘一の目は真由美を見ていない。口調からしても、これは独り言だろう。

　そう判断して真由美は黙っていた。

「資金援助？　いや、八代家で大きな資金を必要とするプロジェクトが動いているという話は聞いていない……。技術協力か？　この線はありそうだな……。真由美、何か聞いていないか？」

「何かとは、具体的にどのような情報をお求めなのですか？」

ようやく会話を再開する気になった父親に、真由美は素っ気ない声で反問した。

真由美の自分に対するこういう態度はいつものことなので、弘一は特に気にしない。

「八代さんが学院長を引き受けた理由について、何か話していなかったか」

真由美は心の中で「その質問、ようやくですか」と考えたが、口にも表情にも出さなかった。

「司波専務の理念に共感したと仰っていました」

「共感……？」

訝しげに弘一が呟く。それは小さな声だったが、真由美が聞き取れない程ではなかった。

「ええ。ですから学院長が専務に、個人的に協力しているのではないかと申し上げたのですが」

「馬鹿な……、理念だと？　ありえない」

「そうでしょうか？」

「………」

真由美の反問に、弘一は答えを返せない。黙り込んだ彼の顔には「理解に苦しむ」と書かれていた。

真由美は妹たちに引き留められて、社宅に戻らず実家に泊まることになった。彼女の部屋は家を出た時のままになっているので、使用人に手間を掛けさせるのはベッドメイクくらいだ。それだって部屋の主がいなくても毎朝ベッドを整えているので、少し手を加えるだけで寝られるようになった。

ベッドに入り音声コマンドで照明を落とした真由美は、夏布団の下で先程の父との会話を思い返した。

（お父様は分かっていない……）

彼女の父親は魔法技能で生計を立てられない魔法資質保有者にも持って生まれた魔法資質を活かす道を与えるというメイジアン・カンパニーの理念を、金銭的な利益や技術的な利益に比べれば取るに足らないものと切り捨てた。確かに百人や二百人程度に感謝されても、四葉家にも八代家にも誤差以上の利益にはならない。短期的には魔法界の利益にもならないだろう。

しかし実戦レベル未満のメイジアンにも魔法の才能を活かせる道を作り出すというメイジアン・カンパニーの事業がもたらす影響は、直接メリットを受ける魔工院の卒業生やステラジェネレーターの新入社員に留まるものではないのだ。

真由美は知っている。魔法師を志しながら魔法技能が伸び悩み、魔法大学に進学できなかった先輩や同級生たちの涙を。直接目にしてこそいないが、魔法大学付属高校に入学しながら平等な指導を受けられず最初から魔法大学への進学を諦めてしまった二科生が大勢いたことを。そもそも、魔法資質を持ちながら受験の評価基準に合わず魔法科高校に入れなかった人々のことを。

持って生まれた才能を活用できる。

それは間違いなく、生き甲斐につながる。

確かに、好きなことと得意なことが食い違っている例は少なくない。才能に生き方を縛られたくないと悩む者も一定数存在するだろう。だが魔法の使い道が著しく限定されている今の社会では、才能を活用できる職が無くて燻っている魔法資質保有者の方が多いに違いない。

メイジアン・カンパニーの事業は現在の魔法資質保有者に生き甲斐をもたらし、希望が諦念に勝る未来を創り出す。

達也がやろうとしていることは単なる金銭的利益の追求ではない。ましてや、権勢欲などでは断じてない。

彼の目的は社会の変革だ。

それが八代隆雷の首を縦に振らせた理由の全てだとは真由美も思っていない。一つの要因だけで去就を決めてしまう程、八代家の当主兄弟は単純な人間ではないだろう。だが魔工院学院長を引き受けた動機の、大きな部分を占めていると真由美は考えている。

社会変革の理想は、人を動かす大きな力になるのだ。

それを父は分かっていない――真由美はベッドの中で、そう思った。

八代隆雷の魔工院学院長就任のニュースは翌日の内に、日曜日にも拘わらず十師族と師補十八家と百家数字付き、魔法協会幹部の間に知れ渡った。四葉家と八代家には、メイジアン・ソサエティ設立の際に四葉家に寄せられたものと同程度に大量の問い合わせが殺到した。両家の関係を問う（問い詰める）質問に対しては、四葉家も八代家も「同盟関係を結んだ事実は無い」としか回答しなかった。

ただその中で六塚家当主が四葉家に問い合わせた内容は、毛色が違っていた。

「……六塚殿が達也の事業をお手伝いしてくださると？」

温子の思い掛けない申し出に、さすがの真夜も意外感を隠し切れていない。

『はい。何かお手伝いできることはありませんか？』

「ありがたいお申し出ですが、六塚家としてお手伝いしていただくのは難しいのでは？　八代家と私どもがどのような疑いを掛けられているか、ご存じのことと思いますけど」

これ以上の騒ぎを望まない真夜は、温子の申し出を遠回しに断った。

『八代殿の弟君のように、個人としてでも難しいでしょうか？』

しかし温子は、簡単には引き下がらない。

「六塚殿のお宅とは距離がありますからね。十師族の務めと両立するのは無理ではないでしょうか……」

『……やはり、そうですか』

客観的な事実を元に説得されて、彼女はようやく引き下がった。だが心から納得している感じではない。音声のみの通話だが、声だけでも温子の無念の度合いは明らかだった。

「達也と話してみては如何でしょう？」

真夜の提案は同情のみから発したものではないにしても、その要素が多分に含まれていたのは否定できない。

『そうさせていただけますか？』

「構いませんわ。しかし何故そこまで息子と姪の事業にお力添えしようとしていただけますの？」

真夜には珍しいことだが、彼女は本気で不思議がっている。しかもそれを他人の前に曝け出していた。

『……十師族としては、褒められたことではないのかもしれませんが』

答える温子の声音は、真夜が「おやっ？」と小首を傾げる羞じらいを含んでいた。

『私は今回のことを聞いて、八代殿に先を越されたと思ったのです』

「何をですの？」

『御子息が興された事業を知った時、思ったのですよ。私も、変えてみたいと』

「変える、とは？」

『御子息は本気で世の中を変えようとなさっている。それを知って、私の中にも同じ気持ちが眠っていたことに気付いたのです』

「それはそれは」

真夜の声に、嘲りや冷笑の要素は無かった。それは例えば、ずっと年下の弟分や妹分に向ける微笑ましげな声音だった。

『お笑いください。もう三十を過ぎたというのに、小娘のようなことを申し上げて。私自身、この様な血気が自分の中に残っているとは思っていませんでした』

一方の温子の声は、赤面していることが容易に想像できるものだ。

「よろしいのではありませんか？　それを申さば達也も、もう少年という年ではありませんし。そういう気持ちに年齢は関係無いと思いますよ」

『そうでしょうか。ありがとうございます』

受話器から温子の照れ笑いが聞こえる。

真夜もお付き合いで、「ええ」という返事と共に小さな笑い声を返した。

［6］ソサエティとＦＥＨＲ（1）

日本魔法界が四葉家と八代家の関係に疑心暗鬼となって右往左往していた五月二十三日、日曜日の夕方近く。達也は当事者であるにも拘わらずその騒動を完全に無視して、国際暗号通信用の端末に向かっていた。

通信先はメイジアン・ソサエティ代表のアーシャ・チャンドラセカール。彼女は今日、自宅があるインド・ペルシア連邦の旧インド領ハイダラーバードではなくソサエティ本部があるスリランカ島にいることが分かっている。通信先もスリランカ島南端の都市ゴールにあるソサエティ本部だ。

一通り社交辞令を消化した後、達也はチャンドラセカールに「ＦＥＨＲという団体をご存じですか」と問い掛けた。

『バンクーバーを活動拠点とする魔法至上主義団体ですね』

チャンドラセカールは返答に時間を要しなかった。

「博士は以前、魔法至上主義団体と手を組むつもりはないと仰っていましたが、そのお考えは変わりませんか？」

『……ミスターはＦＥＨＲとの同盟をお考えなのですか？』

今回は、答えの代わりに質問が返ってくる。この反問には、多少の間があった。

「協力し合える相手かどうか、接触してみようと考えています」

『あの団体は今のところ法を遵守する方針のようですし、よろしいのではないでしょうか』

チャンドラセカールは達也が予想していた以上にあっさり頷いた。どうやら彼女はFEHRについて、通り一遍の範囲を超えた情報を持っているようだ。

『ところでミスター。FEHRと接触を持とうとお考えになった切っ掛けは何ですか？　私たちの間でFEHRのことが話題になるのはこれが初めてだと思いますが』

「FEHRが私のところに構成員を送り込んできたんですよ」

達也の正直な答えに、チャンドラセカールが「それはそれは……」と半笑いを漏らす。

『……ミスターのところというと、メイジアン・カンパニーですか？』

当然かもしれないが、チャンドラセカールはカンパニーのことを知っていた。カンパニーはソサエティの下部組織でも関連団体でもない。だからカンパニー設立に関してチャンドラセカールの同意を得る必要は本来無かったのだが、達也は事前にカンパニーのことを彼女に説明していた。

「そうです」

達也はあっさり認める。チャンドラセカールの口からは、心配するセリフも警戒を促す言葉もスパイの身許を訊ねる質問も出なかった。FEHRから放たれたスパイについての話はそれ以上続かなかった。

チャンドラセカールが明日までにFEHRとの提携条件を文書にする、最初の交渉は達也に任せるということで、この日の話し合いは終わった。

FEHRとの協力関係構築についてチャンドラセカールと相談したことを、達也はその日の夕食の席で深雪とリーナに打ち明けた。深雪に対してだけでなくリーナにもありのままを告げたのは、FEHRがUSNAの団体であり、彼女に動いてもらうシチュエーションを達也が考えているからだ。

達也たちと暮らすようになって、リーナは良くも悪くも率直になった。根が嘘をつけない善人なのだろう。正直になった結果、隠し事をしようとして自爆することが減った。本人は精神的に、随分楽になったはずだ。

「分かっていると思うけどワタシは反対だからね」

今もこんな風に、本音をズバリと言い放った。

「リスクは理解しているつもりだ。だがリスクを恐れているだけでは、チャンスを逃すばかりか状況が著しく悪化することもある」

「FEHRと手を結ぶことで、どんな状況を回避できると言うの？」

問い掛けるリーナの口調は、少し喧嘩腰だった。

「孤立したFEHRが非合法活動に傾斜しFAIRのような犯罪組織と手を組むようなことになれば、ソサエティにとって大きな逆風となる。メイジアンはマジョリティにとって危険な存在、という反魔法主義者の主張を勢いづかせることになってしまう」

この『マジョリティ』は魔法資質保有者ではない人間、つまり魔法資質を持たない人々の意味だ。自分たちをマイノリティと定義することに達也は抵抗感を覚えないでもない。だが、メイジアンが絶対的少数派という事実は動かしようがない。

「FEHRがテロや犯罪に走らないよう監視するの？」

リーナは意表を突かれたという表情で達也に問い返した。

「それもある」

「ふーん……。それなら納得できるわ」

リーナが矛を収めたところで、今度は深雪が達也に疑問を投げ掛ける。

「しかし達也様。それならばカンパニーで直接関与した方が良いのではありませんか？」

「いや……」

深雪の質問に、達也はゆっくり首を横に振った。

「監視に限ればそうだろう。だがメイジアン・カンパニーの活動はあくまでも日本国内向けだ。いずれ海外の人材を受け容れることは考えている。だが外国組織と提携することはカンパニーの事業内容を超えている。FEHRと直接協力関係を結んだ場合、魔法協会や国防軍から痛くもない腹を探られる可能性が高い」

「……確かに仰るとおりですね。わたしが浅慮でした」

恥じる深雪に、達也は頭を振った。

「単に俺の方がこの件について考える時間が長かっただけだ」

「はい。じゃあ、この件についてはもう終わり？　だったら食べましょうよ。お料理が冷めちゃうわ」

譲り合いが睦み合いになりそうな雰囲気を嗅ぎつけて、リーナが強引に幕引きを図る。

達也と深雪は苦笑しながらそれに応じた。

◇　◇　◇

翌日、五月二十四日月曜日。チャンドラセカールは約束通り、達也の手許に提携案を送ってきた。

メールで送られてきた文面を、達也は早速チェックする。内容は一点を除いて予想の範囲内だった。その一点も、達也の不利益になる内容ではない。だが彼はチャンドラセカールの真意を確かめたいという気持ちを、どうしても抑えられなかった。

メールを受け取った一時間後、達也(たつや)は遂(つい)に、暗号通信でチャンドラセカールを呼び出す。

「──博士。今、少しよろしいですか」

『大丈夫ですよ、ミスター。何か不明な点がありましたか』

幸い、チャンドラセカールの手は空いていた。

「一つ、うかがいたいことがあります。FEHR(フェール)との人材交流の件ですが」

『はい、それが何か？』

「本当にミズ・シャーストリーをFEHR(フェール)に派遣するおつもりですか？　非公認とはいえ、彼女は戦略級魔法師ですよね？」

アイラ・クリシュナ・シャーストリーはチャンドラセカールの護衛を務める非公認の戦略級魔法師だ。その役目は、単なる護衛に留まるものではないだろう。戦略級魔法は都市や艦隊、大部隊をターゲットにして初めてその真価が発揮される。それはシャーストリーが会得(えとく)しているという『アグニ・ダウンバースト』も同じだ。

アグニ・ダウンバーストは対流圏と成層圏の境界付近に断熱圧縮によって大規模・高密度な空気塊を作り出し、高密度状態を維持したまま落下させる魔法だ。

高密度に圧縮された空気はそうでない空気に比べて重い。魔法で高密度状態を維持することにより、断熱圧縮の効果で高温になりながら高空の低温な空気より重い空気塊という、自然には発生し得ない現象ができあがる。

重くなった空気塊はそのままでも下降を始める。これを魔法で加速することにより圧縮され高温化した空気と、落下する空気塊との摩擦面で発熱した空気が、地面（海面）に叩き付けられる。地面に衝突した気流は熱と衝撃を周囲にまき散らす。これが戦略級魔法アグニ・ダウンバースト。

この魔法は地理的条件に左右されにくい。また空気塊のサイズを変えることで、都市破壊の戦略レベルから小部隊を相手にした戦闘レベルまで威力を調節することができる。

その一方で、ハリケーンのような大規模気象現象の影響を受ける点と、発動から攻撃までのタイムラグが大きい点が短所として上げられる。

威力の調節ができる分、アグニ・ダウンバーストは使い勝手の良い魔法だ。それでありながら戦略級魔法の名に相応しい威力を誇る。他者の手に渡るリスクは可能な限り回避するのが当然だと達也には思われた。

『アグニ・ダウンバーストには専用のＣＡＤが必要ですから機密漏洩の心配はありませんよ。それに、内部からでなければ手に入らない情報もあります。信頼できる者を派遣するのは当然では？』

「情報を得るだけならもっと適切な人材がいるとおもいますが。博士が自由に動かせる魔法師がミズ・シャーストリーだけということはないでしょう」

『……これはここだけの話にしていただきたいのですけど』

チャンドラセカールの苦々しい声に、達也は無言で頷く。

『最近、連邦軍がアイラを渡せと五月蠅いんですよ』

彼女が言う「連邦軍」とは言うまでもなく、インド・ペルシア連邦軍のことだ。

「国家公認戦略級魔法師を二人にして、その戦力を背景に大亜連合に対する外交優位を確立しようという政府の意図ですか」

『そういうことでしょうね。付け加えれば、「使徒」が二人になった日本への対抗意識もあると思いますよ。……ミスターは別枠ですけど』

『使徒』とは国家公認戦略級魔法師の通称。三年前、一条将輝が戦略級魔法師として認められたことで日本の『使徒』は、五輪澪と彼の二人になった。その直後に新ソ連のベゾブラゾフを達也が葬ったことで、複数の国家公認戦略級魔法師を抱える国家はＵＳＮＡと日本の二カ国だけとなっていた。

「博士はミズ・シャーストリーを軍に渡さず手許に置いておきたいとお考えなのですか？　それでＦＥＨＲに派遣するのでは意味が無いと思いますが」

『アイラを戦場に立たせたくないんですよ。彼女は戦争に向いていませんから。アイラに戦略級魔法を教えたのも、戦略級魔法師ならば軽々しく戦場に投入されることはないと思ったからです』

チャンドラセカールはそのセリフの後、「私の計算違いでしたけどね」と虚しそうな声で呟いた。

「……しかしそういう事情なら、政府がミズ・シャーストリーの出国を認めないのでは？」

『そこは何とかなります。軍には、アイラの能力がまだ不安定で実戦には堪えないと言ってありますから』

「そんな嘘を吐いて博士は大丈夫なのですか？」

『完全な嘘というわけではありませんよ。アイラに不安定な面があるのは事実です』

チャンドラセカールがモニターの中でため息を吐く。

『軍と政府は、魔法師士官の中から新たな適合者を発掘するという話で合意できそうです。ただそれに時間が掛かると、軍の高官がしびれを切らしてしまうと思いますので』

「時間は掛かるでしょう。戦略級魔法の適合者がそんなに簡単に見付かるはずがない」

『ええ。だから、アイラを国外に避難させておく意味合いもあるのです』

「そういう事情でしたら、私はこれ以上何も言いません。頂戴した条件で交渉を始めたいと思います」

『はい。よろしくお願いします、ミスター』

達也は別れの挨拶を告げて暗号通信の回線を閉じた。

[7] レリックをめぐる戦い(2)

糸魚川の博物館から盗み出された半製品の翡翠勾玉は警察の検問と海上封鎖にも拘わらず、サンフランシスコに置かれているFAIRの拠点に運び込まれていた。

五月二十日に到着したそれを、三日間掛けて分析した結果。

「閣下。残念ながら、作りかけの遺物ではレリックの製法までたどり着けないようです」

「全く何も分からなかったわけではないのだろう?」

二人きりの部屋で行われたローラの報告に対して、ディーンはそう問い返した。先日同様、ディーンはデスクの奥に座り、ローラはデスクの前に立っている。

「推測の裏付けがとれただけです。新しいことは何も」

ローラは首を横に振った。

「――具体的には何が分かった?」

だがディーンはその答えに納得しなかった。

ローラは仕方無く、彼女にとっては不本意な報告を述べる。

「入手した遺物はレリックに加工している途中の物で間違いありません。レリックの製法が鉱石の色素を再配置して内部に立体的な魔法陣を描画することであるのも、ほぼ確実です」

「かなり前進しているように思われるのだが?」

「改めてご説明するまでもないと思いますが、魔法陣をただ描いただけでは何の効果も発揮しません。古い言い方をすれば、完成した魔法陣に魔力を注がなければならないのです」

ローラは『魔女』と呼ばれる古式魔法師。現代魔法学の新しい表現よりも、伝統的な用語の方が馴染み(なじ)は強いのだろう。

「魔力か。よくよく考えれば不思議なことだ。私たちは『魔法』を使いながらその源である『魔力』が何なのか、分かっていなかったのだから」

「魔力、即ち(すなわ)事象干渉力の正体については昨年有力な説が発表されておりますが」

「事象干渉力は霊子(プシオン)波だという、あれだろう？　だが全ての霊子(プシオン)波が事象改変を引き起こすわけじゃない。どうすれば霊子(プシオン)の波動を事象干渉力に変換できるか、その加工方法があの論文には示されていなかった」

「まさにそこが問題です。私たちが欲(ほっ)している魔法式保存のレリックがその機能を果たす為(ため)には、外部から『魔力』を取り込むか内部に『魔力』を蓄積するシステムが必要不可欠です」

「……まあ、あの論文を書いたのは彼だ。レリックの秘密を守る為(ため)に、敢(あ)えて秘匿しているのかもしれないいな」

ディーンとローラが話題にしている論文は、達也(たつや)が発表したものだった。ディーンの推測は、邪推とも言い切れない。

ローラはそのセリフに、直接のコメントはしなかった。

「残念ながら入手した遺物には、そのシステムの手掛かりが存在していませんでした」

　彼女は話を遺物とレリックに戻す。

「では、ローラ。次に何をすべきだと考える？」

「オリジナルレリックを採掘現場から盗み出すことを進言致します」

　ローラの答えは、即答だった。彼女が最初からこの提案をするつもりだったのは明らかだ。

「魔法式保存効果を持つレリックの複製にはオリジナルが不可欠か」

「はい」

　オリジナルが手許に無いのだから「オリジナルがあれば複製できる」と言い切る根拠は無い。だが彼女には、現在手許にある資料で魔法式保存効果の再現は不可能だという確信はあった。

「我が組織には限られた種類の魔法しか使えない者が多い。劣等種による迫害に対抗する為には、戦闘に適性が無い魔法師にも軍事用魔法を使えるようにする魔法武器が必要だ。そしてその様な魔法武器の製造には、十分な数のレリックが不可欠」

「仰るとおりです、閣下」

　ここでディーンは急に、軽い思案顔になる。

「……しかしオリジナルが採掘された場所の地理的条件から、我が組織のメンバーにやらせるのは難しいという結論になっていたはずだ。誰を使う？」

「もう一度、進人類戦線に依頼しては如何でしょう」

　ローラの答えに、躊躇いは無かった。

「発掘現場は日本軍が警備しているのだろう？　彼らでは力不足ではないか？」

　ディーンの疑問は当然のもの。

「進人類戦線はＦＡＩＲにとって必要不可欠なコマではありません。力及ばず全滅しても我々のダメージにはならないと存じます」

　そしてローラの回答も、彼女たちの流儀からすれば当然のものだった。

「進人類戦線が捕縛されたら？」

「何もせずに、切り捨てればよろしいかと。元々進人類戦線はあのレナ・フェールを賛美する日本人が集まって結成された団体です。一方的に賛美し、一方的に失望して我々と手を結びましたが、未だに進人類戦線をＦＥＨＲの関連団体と思い込んでいる者も少なからずいるでしょう。進人類戦線が拘束されれば、レナ・フェールにも何某か飛び火すると思われます」

「あの女にか。良かろう」

　ディーンは邪悪な笑みを浮かべながら頷いた。自ら手を汚す覚悟が無いレナ・フェールの甘すぎるスタンスが彼は気に入らない。劣等種が定めた法秩序からの逸脱を否定する彼女が冤罪に苦しむというのは、大層皮肉が効いているようにディーンには思われた。

「それともう一つ、ご提案がございます」

　ローラは一礼し、頭を下げたままそう続けた。

「聞かせてもらおう」

「調査隊を組織し、シャスタ山に派遣すべきかと存じます」

　姿勢を戻したローラが、提案内容を口にする。

　シャスタ山はカリフォルニア州北部にそびえる四千メートル級の高峰だ。有名なミネラルウォーターの源泉としても知られている。

「先住民族の聖山（せいざん）とされているシャスタ山か。そこに魔法式保存レリックの手掛かりがあると言うのか？」

　ローラは軽く一礼して、今度はすぐに顔を上げた。

「日本のレリック発掘現場である乗鞍岳（のりくらだけ）の写真を見て、シャスタ山と霊的な地相が似ているように感じました」

「それは魔女としての直感かな？」

「そうです」

「ふむ……、分かった。ではローラ、君が調査隊の指揮を執（と）れ。メンバーの選抜も君に任せる」

「イエス、マイ・ロード」

　ローラは深く、恭（うやうや）しく、ディーンに向かって腰を折った。

◇　◇　◇

　進人類戦線の拠点は房総半島南部の東京湾岸にある。結成時にはもっと都心寄りで活動していたのだが、当時のリーダーが事件を起こして組織はいったん解散、現在のサブリーダーが進人類戦線を再結成したのがこの土地だった。

　元リーダーが引き起こした事件は本来であれば重罪だったが、諸事情により立件はされず報道も規制された。ただ犯罪行為の記録は非公開であろうと当局に残っており、たとえ『進人類戦線』の名称を使わなくても元メンバーが結成した団体が合法的なものと認められることはあり得ない。治安当局の監視も免れない。当然の結果として、進人類戦線は地下に潜っていた。房総半島の根拠地も限られた人間以外には秘密にされている。

　その秘密拠点に詰めていた進人類戦線サブリーダー『深見快宥』の許へＵＳＮＡから暗号通信が入ったのは、五月二十五日昼前のことだった。

「はい、こちら深見」

　発信者は通信機に表示されている。深見は躊躇わず本名を名乗った。

『ディーンだ。深見、君一人か？』

「リーダーは留守にしている」

進人類戦線のリーダーは呉内杏という二十六歳の女性だが、ちょうど支援者のご機嫌伺いに出向いていて留守だった。——なお深見は二十五歳だ。

『先日はありがとう』

「どういたしまして。こちらも報酬はもらっているからお互い様だ」

傍受防止を最優先した音声暗号通信だ。相手がどんな表情で話しているのか、お互いに分からない。

「それで？　また仕事の依頼か？」

進人類戦線とＦＡＩＲは協力関係にはあるが、用も無いのに連絡してくるほど親密ではない。また、両者に上下関係は無い。深見の無愛想なセリフは、的外れではなかった。

『お願いできるかな？』

ディーンの返答がそれを裏付けていた。

「相応の報酬があれば」

『無論、それは約束する』

深見のビジネスライクな回答に、ディーンは愛想良く応じた。

「何をすれば良いのか聞かせてくれ」

深見が具体的な内容を話すよう促す。

『オリジナルレリックを入手して欲しい』

依頼内容を聞いて、深見の眉間に皺が寄った。

「オリジナルは国防軍の技術開発本部に保管されているのだろう？　我々の戦力では不可能だ」

『狙いは軍の研究所に保管されているレリックではない』

できないことはできないとはっきり断った深見だが、FAIRからもたらされる報酬は惜しい。自分の考えていたものと前提条件が違えば、再考の余地はある。

「では発掘されて技術開発本部に運搬途中の物を狙うのか？」

『いや、発掘現場から盗み出して欲しい』

ただディーンの答えは、余り歓迎できるものではなかった。

「……軍が警備しているのではないのか？」

リスクは当初想定していたものと、大して変わらないように思われた。

『警備はいるだろう。だが本部の研究所よりはマシなはずだ』

「それはそうだろうが……。場所は？」

ディーンに問い掛けながら、深見は組織の厳しい現状を思い出す。当面の活動資金に不自由は無いが、そろそろ大きな仕事をしないと求心力を保つのが難しくなってきている。それが彼ら進人類戦線の今の状況だった。

『乗鞍岳の南西山麓。それ以上詳しくは特定できていない』

国防軍の警備を出し抜く。社会へのアピールにはならないが、構成員の自信にはつながりそうだと深見は判断した。

「……まずそこからか。報酬ははずんでもらうぞ」

『失望はさせないと約束しよう』

「分かった。リーダーと相談して今日中に回答する。メールで構わないか？」

相談するというのは建前だ。進人類戦線の活動方針はリーダーの呉内ではなくサブリーダーの深見が決めている。呉内の役目はスポンサーとのパイプ役だった。

『構わない。こちらも、以後の連絡は暗号メールを使う。それではこれで。良い返事を期待している』

「ああ、そうしてくれ」

そう応えると同時に深見は、彼の方から通信を切った。

秘密拠点に戻ってきたリーダーの呉内にＦＡＩＲの依頼内容を一応報告して深見は約束通りその日の内に、ディーンに宛てて受諾の暗号メールを送った。

［8］USNA潜入（2）

五月二十五日、火曜日の夜。

達也は深雪とリーナを連れて巳焼島南西部の仮想衛星エレベーターに来ていた。北西の四葉家専用施設からここまでの交通手段はロボットワゴン車。貨物室の荷物をスイッチ一つで自動的に積み下ろしできるタイプの物だ。

荷物を仮想衛星エレベーターの魔法陣中央に降ろし、エレベーターの本体である疑似瞬間移動の刻印魔法陣の外へワゴン車を動かす。達也はリーナを降ろした後、魔法陣の向かい側に移動して深雪と二人でワゴン車を降りた。

「兵庫さん、高千穂につないでもらえますか」

達也がレーザー通信施設で待機している兵庫に無線で呼び掛ける。

『かしこまりました。――どうぞ』

「水波、聞こえるか？」

レーザー通信施設で中継された無線を使って、達也は高千穂にいる水波に話し掛けた。

『はい、達也様。こちらの準備は調っております』

タイムラグは無い。音質もクリアだ。往復約一万三千キロの距離を挟んでいるにも拘わらず、通信の状態は良好だった。

「では、送るぞ」

『はい、どうぞ』

達也は通信回線を開いたまま、

「深雪」

と小声で話し掛けた。

「はい」

深雪が達也に向かってしっかり頷く。

達也は深雪に頷き返して、右手を高く上げ約二百メートル先のリーナへ目を向けた。

リーナが片手を上げて応える。

達也が右手を振り下ろし、深雪とリーナが仮想衛星エレベーターの魔法陣を起動した。

地下三十センチに刻まれた疑似瞬間移動の刻印魔法陣。その上に置かれた荷物は、パラサイドールの素体とパラサイト封印の器である人形を納めた「棺」だ。

超長距離疑似瞬間移動魔法の発動。

パラサイドールの材料を納めた棺が一瞬で、対地高度約六千四百キロメートルの衛星軌道へと運ばれた。

疑似瞬間移動の到着ポイントは高千穂の外殻の外側に接する宇宙空間だった。

現代魔法に、本物の瞬間移動は存在しない。壁を透過して物体を送り込む技術は実現していなかった。

もっとも、光宣の魔法力があれば荷物の受け取りに問題は無い。仮想衛星エレベーターには荷物を地上から衛星軌道まで移動させるだけでなく、到着した荷物の速度を高千穂に同期させる機能も組み込まれている。光宣にとって数十メートル先に浮かぶ荷物を移動系魔法でエアロックまで運び込む労力は、配達された荷物を宅配ボックスまで取りに行くのと大差の無いものだった。

にも拘わらず光宣は今、漆黒の宇宙空間に浮かんでいた。理由は単純に、楽しいから。宇宙服を身に着けずに高千穂の外を泳ぎ回るのが、最近の彼の、お気に入りの遊びだった。

そんな光宣の無謀な娯楽に、初めの内は水波も少しハラハラしていた。昔ならきっと、心臓が止まりそうになるくらい心配していたに違いない。これはおそらく、パラサイト化したことによる変化だろう。今では「仕方の無い人ですね……」とため息を吐きながらも、光宣を平然と「外」へ送り出している。

ただし、宇宙服を着ていなくても無防備ではなかった。パラサイトといえど生身の肉体はダイレクトな宇宙線に長時間耐えられないし、空気を必要とする。魔法で対物・耐放射線シールドを張って、その中に空気を確保していた。

光宣が外を泳いで到着した「棺」の側に立ち、高千穂へ手で押していく。

高千穂はサルベージした新ソ連のミサイル潜水艦を改造した物だ。ミサイル垂直発射装置が貨物搬入も可能な大型エアロックに置き換えられている。

光宣はそのエアロックを手動で開放した。普段は外から開けられないようロックしてあるのだが、出てきたときに鍵は外したままにしておいたのだ。

棺ごとエアロックに入り外扉を閉める。完全にロックされたのを確認してから開いた内扉のすぐ向こうには水波が待機していた。

「お帰りなさいませ」

水波が軽く一礼して光宣を迎え入れる。言葉遣いこそ丁寧だが、彼女の態度に他人行儀な堅苦しさは無くなっていた。

「ただいま」

「荷物は作業室ですか？」

「僕が運ぶよ」

水波の問い掛けに頷きながら、光宣は棺を宙に浮かせた。高千穂の与圧区画は人造レリックを使った重力制御魔法により地上と同じ重力に保たれている。その魔法を一時的に解除することは可能だが、それよりも棺に移動魔法を作用させる方が楽だった。

高千穂の本体はともかく、居間や寝室で使っている電化製品は普通の民生品だ。故障とまではいかなくても、ちょっとした不調は想定しておかなければならない。

ここは対地高度約六千四百キロメートルの宇宙空間。地上のように、気軽にサービス員を呼ぶのは不可能だ。ある程度までは自分たちで対処しなければならない。

その為に設けられたのが作業室。定期的にアップデートされるデータベースによって、AIがマニピュレータを操り家電品を自動的にメンテナンスしてくれる。またこのAIとマニピュレータは民生品のメンテナンスだけでなく、もっと高度な電子・電気機器の整備や改造にも対応していた。

棺を作業台の脇に置いて、光宣はまずパラサイトの本体を封印した人形を取り出し作業台の横の小さな机に置いた。次に素体となるガイノイドを魔法で持ち上げて作業台に置く。ガイノイドの重量は同じ身長の人間よりも少し重い程度だから――具体的には体高百七十センチ、重量七十キロ――無理をすれば手で抱え上げられないこともない。だが一応女性の形をしている物を水波が見ている前で抱きかかえるのは、何となく抵抗があった。

ガイノイドのマニュアルには、あらかじめ目を通してある。光宣はベルトのバックルに偽装したコネクターカバーを外してデータラインを兼ねた電源ケーブルをつないだ。

モニターに機体の状態が表示される。

バッテリーはフル充電。

電子頭脳はサスペンド状態。

装着済みの戦闘用外装はゼロ。

モニターで分からない項目は自分の「眼」で確かめる。

残留思念無し。

残留想子、残留霊子は極めて希薄でほぼニュートラル。

パラサイトの移植には最適の状態と言える。達也のことだ。分かっていて、この状態で届けてくれたのだろう。

「水波さん、休んでいて構わないよ」

「いえ、お手伝いはできませんが、せめて立ち会わせてください」

「そう？　だったらそうしてもらおうかな」

押し問答などせず、光宣は水波の同席をあっさり認めた。

やることは、言葉にすれば単純だ。人形に封印されているパラサイトを解放し、解放されたパラサイトの本体を支配。それをガイノイドの電子頭脳に誘導し系統外魔法で固定する。

光宣はそのプロセスをあっと言う間に、苦も無く成し遂げた。

そこで彼は「ふぅ……」と息を吐き出す代わりに、「そうだ」と呟いた。

「水波さん、手伝ってくれない？」

予定にないことを言われて、水波は驚きの表情を浮かべながらも「はい」と支えることなく答えた。

「それで、何をすれば良いのでしょう？」

その上で具体的な指示を求める。

「パラサイドールを目覚めさせるには、最後にこの『器』を想子で満たす必要があるんだ。その手伝いをして欲しい」

「未覚醒のパラサイドールに想子を注げば良いのですか？」

「僕と一緒にね」

そう言いながら、光宣が左手を水波に差し出す。

水波は少し恥ずかしそうに、右手を光宣の左手の上に置いた。

恋しさと、愛おしさ。

求める気持ちと、求められたいという願い。

つながれた手から、二人がお互いに持つ想いが膨らみ、広がる。

二人は手をつないだ状態で、それぞれ空いている手をパラサイドールの上に翳した。

光宣の左手から彼の想子が水波へと流れ、

水波の右手から彼女の想子が光宣へ流れる。

光宣の右手と、

水波の左手から、

混ざり合い溶け合った二人の想子がパラサイドールに注がれた。

想子流に溶け込んだ二人の想いが、パラサイドールを目覚めさせる。

作業台に身体を起こしたパラサイドールは、キビキビとした動作で足を床に下ろして立ち上がった。そしてすぐ、光宣と水波に向かって片膝を突き頭を垂れる。このガイノイドは戦闘用だからか、一応女性形ではあるがスリムな体型の中性的な外見をしている。その為、こういう振る舞いが良く似合っていた。

『マスター、お名前をお教えください』

思念の声が水波と光宣に届いた。通常のパラサイトの意識共有とは少し違い、自我が融合していない。パラサイト流のテレパシー、と言ったところか。

『僕は九島光宣』

『桜井水波です』

光宣と水波も、思念波で答えた。二人はパラサイトだ。普段は肉声で会話することの方が多いのだが、思念で会話する方がパラサイトの在り方にはマッチしている。テレパシーによる会話にも不自由は無い。

『光宣様に水波様ですね。では次に、命令の優先順位を定めてください』

『優先順位？』

光宣が訝しげに問い返す。

『光宣様と水波様、どちらの命令が優先されるか、その順序を定めて欲しいのです』

『そんなものは無い』

『いえ、光宣様のご命令を優先してください』

光宣の回答を水波がすかさず訂正した。

「水波さん」

「光宣様、よろしいですね？」

光宣が反論しようとするが、水波に念を押されて口を噤む。

『――かしこまりました。光宣様のご命令を第一順位とします』

話が付いたと判断したのだろう。ガイノイドが片膝を突いたまま恭しく告げる。それに対する反論は無かった。

『では光宣様。私に名を付けていただけないでしょうか』

『同型機の一般的な通称は何だ？』

気を取り直した顔で光宣がガイノイドに問い掛ける。

『ＭｒＣｏです』

このガイノイドの型式番号はマルチロール・コンバット・ガイノイド・タイプ二一〇〇。

ＭｒＣｏというのはこの型番から取った略称だろう。だが……。

「……女性型の機体に『マルコ』はないな」

光宣は肉声でそう呟くと、少し考え込んだ。

ガイノイドは依然として片膝を突き頭を垂れた姿勢でじっと待っている。機械だから同じ姿勢を維持するのが苦にならないのだろうが、人間そっくりの外見でそういう態度を見せられると、まるで忠義を体現しているようにも思えてくる。

「……よし、『マギー』にしよう」

光宣が肉声を使ったのは、意識してのことではない。ガイノイドには音声認識の機能があるので、それで不都合もなかった。

『個体名「マギー」、拝領しました。何なりとお申し付けください』

『お前にはこの施設の管理を任せたい』

『管理頭脳との通信許可をいただけますか?』

『許可する。通信をしながらついてこい。続きは居間で話す』

『かしこまりました』

マギーがようやく立ち上がる。その身長は、光宣よりも数センチ低く、水波よりも十センチ以上高い。シルエットだけ見れば、女性というより華奢な男性のようだ。その立ち姿はマスクのデザインも相俟って、やはり女性的というより中性的だった。

リビングに移動した光宣と水波はソファに腰を落ち着けた。正直なところ、パラサイドールの覚醒作業で少し疲れていたのだ。

『マギー、この高千穂の構造は理解できたか？』

『把握しました』

パラサイドールに見栄は無い。マギーの情報処理能力は最新型の素体に相応しく高い水準にあるようだ。

『お前に任せる仕事は二つ。一つは管理頭脳の手足となって大小のトラブルに対応すること。ホームオートメーションには関与しなくて良い』

『かしこまりました』

役目がこれだけなら、パラサイドールは必要無い。高千穂に元々積み込まれているメンテナンスロボットで十分だ。

『もう一つは、仮想衛星エレベーターの運転を含む地上に降りた僕たちのサポートだ』

仮想衛星エレベーターを動かすには魔法が使えなければならない。高千穂の管理頭脳以外の留守番役を光宣が求めたのはこの為だった。達也もそれを理解していたから、パラサイドールの材料を彼に贈ったのだ。

『了解しました』

マギーはそう言って上半身を正確に三十度、前に倒した。

明日は水曜日。魔法大学は平常通り授業がある。この巳焼島から一時限目の講義に出席するのは難しいから、本来であれば今夜の内に東京へ戻らなければならない。だが達也だけでなく、深雪とリーナも帰宅を選択しなかった。

二人が大学をサボりたい気分だったから、ではない。光宣がパラサイドールを使った実験をしている高千穂で不都合が生じた際に、そのフォローをする為だ。達也は残念ながら、自分の力だけで高度六千四百キロメートルの宇宙空間にたどり着けない。

事象干渉力そのものに関する研究を進めた結果、達也は仮想魔法演算領域の出力不足の解決にある程度成功していた。だがそれでも、仮想衛星エレベーターを独りで動かすレベルには達していない。

深雪とリーナ以外に、仮想衛星エレベーターを動かす魔法師は巳焼島に待機している。だがたとえ四葉家内部の人員であっても、今回の実験にはなるべく他人を関わらせたくなかった。そんな達也の我が儘を叶える格好で、深雪とリーナも巳焼島に一泊することにしたのだった。

仮想衛星エレベーターがある南西エリアから北西エリアにある別宅に戻り、三人はすぐ夕食を済ませた。

その後も幸い、トラブル発生の報せはなかった。リーナが自分の部屋に引っ込み、入浴後、二人きりになった達也と深雪はソファに並んで座り、ゆったりと寛いでいた。

ローテーブルに置かれているのはお酒ではなく安眠効果があるハーブティー。二人とも飲酒の習慣はない。達也は酒が飲めないわけではないが、積極的に飲みたいという欲求は持ち合わせていない。これは多分、感情を制限されているからではなく、単なる好みの問題だろう。あるいは、深雪が余りアルコールに強くないから彼女に合わせているのかもしれない。

「……光宣君がアメリカに降りてみるのは明朝でしたよね？」

深雪は達也がカップを持つ手の邪魔にならないよう、彼の左側に座っていた。右手を座面に、左手を自分の右太ももに置き、腰から上を捻って見上げる体勢で、深雪は達也に話し掛けている。

「このまま何事もなければ、その予定だ」

「その結果、何の問題も見付からなければ明後日には水波ちゃんと二人でサンフランシスコに……」

「スケジュールはそうなっている」

「光宣君は水波ちゃんのことが、本当に大切なんですね。羨ましいです……」

深雪が顔ごと目を伏せた。

いきなり達也が左腕を伸ばして、深雪の肩を抱き寄せる。

彼の腕の中で顔を上げた深雪は、驚いて声も出ないという表情だ。

「深雪、二人で旅行に行かないか。そうだな、来月の何処かで」

「……お忙しいのではありませんか？」

「二泊三日くらい何とでもなる。大学の授業をサボらせてしまうことになるが」

深雪の顔が喜色に輝く。

「構いません！　是非！」

彼女が達也に身を寄せたのは、多分無意識の行動だ。

「そうか。何処に行きたい？」

達也は最初の姿勢をまるで変えず、深雪の間近で微笑みながら囁き声で訊ねた。

「達也様が連れて行ってくださるならば、何処にでも」

「じゃあ、少し涼しい所にしようか」

「はい！」

目を輝かせて頷く深雪。その麗しい顔から愁いが消えているのを確かめて達也は深雪の肩を抱く腕を緩めた。

だが深雪は、達也から離れようとしない。

はにかみながら、そこからさらに距離を詰めた。

そんな深雪を達也は温かな目で見下ろす。普段の、深雪と二人きりでない時の達也からは想像もできない様な優しく甘い目付き。多分これは、深雪だけが知っている達也の眼差しだ。

上目遣いに達也を見ていた深雪が顎を上げ、顔ごと上を向く。

見上げる深雪の瞳と見下ろす達也の眼差しが交わった。

深雪が陶酔に染まった目を閉じる。

達也の顔が深雪にゆっくりと近付き、程なくして、二人の唇の距離はゼロになった。

◇　◇　◇

翌日の朝、光宣はサンフランシスコに降り立った。現地時間は五月二十五日の午後五時だ。

場所は人気が無いことを衛星軌道上から確認した、サン・アンドレアス湖の畔。サンフランシスコ半島の内陸、国際空港の西に位置する細長い湖の北岸を光宣は選んだ。

降りたのは光宣独りだ。水波を連れてくるには、まだテストしなければならない項目が残っていた。

『マギー、聞こえるか？』

光宣は通信機を介してではなく、テレパシーで高千穂に呼び掛けた。

『はい、光宣様。クリアに聞こえます』

第一関門突破。光宣はそう考えた。地上では同じ国内にいる限り距離に関係無く、パラサイト同士は会話できると分かっている。パラサイドールとの遠距離念話は試したことがなかったが、パラサイト同士の交信と同じだろうという感触は得ていた。

しかし地上と宇宙の間の念話は、完全な未知の領域だった。高千穂からのバックアップを万全なものとする為には交信が必須だが、電波による通信は傍受のリスクを考えると避けたいところ。だからといって収束レーザー通信は、携帯可能な通信機では不可能ではないまでも難しい。テレパシーが通じれば、それがベストだった。

幸い念話に関する国境の概念は、地上と宇宙の間には適用されないようだ。思念による会話は問題無く成立した。何処の国にも属さないという意味では公海と同じであるはずだが、地上と宇宙では扱いが違うらしい。理由は分からないがそういうものなのだろう。そう考えて、光宣は自分を納得させた。

『では、僕を引き上げてくれ』

光宣は対物・耐放射線の魔法シールドを張り、自分の周りに空気を確保しながらそう命じた。

次の瞬間、サン・アンドレアス湖岸から彼の姿が消えた。

光宣の主観では、景色が一瞬で切り替わった。

目の前には漆黒の闇に浮かぶ青い星。足下には闇に溶け込む巨大な人工物。

地球と、衛星軌道居住施設・高千穂だ。

（上手く行ったか……）

光宣はホッと胸を撫で下ろした。高千穂内殻に刻まれた疑似瞬間移動の魔法陣を起動したのは光宣でも水波でもなく、パラサイドールのマギーだ。物理的な距離は魔法にとって本質的な障碍にはならないとはいえ、地上から衛星軌道上の魔法陣を起動するのは光宣の魔法力を以てしても容易ではない。留守居のマギーが仮想衛星エレベーターを動かせるかどうかは、光宣と水波が一緒に地上へ降りられるかどうかを左右する鍵だったのだ。

パラサイドールが発動した超長距離疑似瞬間移動により高千穂の前まで引き上げられた光宣は飛行魔法と同じシステムで小刻みに自分を加減速し、宇宙を泳いでエアロックに向かった。

［９］ソサエティとＦＥＨＲ（２）

バンクーバーに本拠を置くＦＥＨＲは魔法資質保有者の人権保護を合法的に主張する政治団体である。ＦＥＨＲが表立って対抗している敵は魔法師を迫害する人間主義団体のような反魔法主義者だが、リーダーのレナ・フェールは非合法活動に手を染める魔法師結社も活動の障碍になると考えていた。

魔法師が組織的に法を犯せば、反魔法主義者に迫害の口実を与えてしまう。現在彼女が最も警戒している過激派はサンフランシスコのＦＡＩＲだ。レナは知覚系の異能を持つ構成員に、ＦＡＩＲを継続的に監視させていた。

五月二十六日の午後。その監視員から、レナの許に一通の報告書が届けられた。

「ＦＡＩＲがシャスタ山に？　一体何を企んでいるのでしょう……」

拠点の代表室で報告書に目を通したレナが、訝しげに独り言を漏らす。だがすぐに一人で考えていても埒があかないと考えたのか、彼女はいつも相談相手にしている参謀役を呼んだ。

それほど待つことなく、代表室の扉がノックされる。

「入ってください」

「失礼します」

そう言いながら扉を開けたのは、四十台前半の女性だった。若いメンバーが多いＦＥＨＲの中では最年長層に属する女性で、名前をシャーロット・ギャグノンという。

「シャーリィ、いつものように知恵を貸してください」

シャーリィというのはシャーロットの愛称だ。

「ええ、何なりと」

シャーロットは元ＦＢＩ捜査官で弁護士資格を持っている。外見もその経歴に相応しく堅い感じの容貌とファッションだが、口調はそれに反してソフトだった。

「まずはこれを読んでください」

レナがシャーロットに報告書が記載された電子ペーパーを差し出す。

シャーロットは端末を受け取り、壁際に置かれた椅子を手招きした。

椅子が床ギリギリに浮かび上がり、彼女のすぐ側で床に戻る。シャーロット・ギャグノンは魔法師ではなく超能力者、念動力の持ち主だった。

その出力は平均的な成人男性の筋力を少し上回る程度。便利だが、兵器の代用には物足りない。だからこそ彼女は実質的な徴兵の対象にならなかったし、ＦＢＩを退任する際も行動に一般的な守秘義務以上の過大な制限を課せられなかった。

手で椅子の向きを整えデスクの前に座ったシャーロットが、報告書に目を通す。

「シャスタ山は先住民の聖地でしたね……。未発見遺跡の盗掘でも企んでいるのでしょうか」

顔を上げたシャーロットは真っ先にそんな推測を口にした。

「私もそれを考えましたが……。シャスタ山で遺跡は発見されていませんよね？」

レナの問い掛けにシャーロットは「そうですね」と頷いたが、彼女の答えには続きがあった。

「確かに、遺跡が見付かったという話は聞きません。ですがご存じのとおりあの山は霊的な力に満ちていると言われています。何かがあっても不思議ではありません」

「やはり、魔法的に貴重な物を手に入れようとしているのでしょうか」

レナは少し不安げだ。この様な表情を浮かべていると、ただでさえ肉体年齢が実年齢を大きく下回っている彼女はますますティーンの少女にしか見えなくなる。

「観測の為という可能性もありますが、FAIRの活動傾向から見てすぐ利益に結び付く遺物か鉱物、あるいは植物の入手を企んでいる可能性が高いと思います」

「それが採取や発掘を禁止されている物でなければ良いのですが……」

「ロッキー・ディーンはその点を考慮しないでしょうね」

この場限りの気休めを、シャーロットは口にしなかった。

「レナ、通常の監視要員とは別に、シャスタ山へメンバーを派遣すべきだと思います」

シャーロットは他のメンバーのように、レナのことを「ミレディ」とは呼ばない。法律の専門的知識だけでなく、これもレナがシャーロットを相談役に選んでいる理由だ。

「FAIRの違法行為を阻止する為ですか？」

レナの問い掛けに、シャーロットは頷かなかった。

「違法行為があった場合はそれを録画し、当局に提出するのです。我々FEHRの、犯罪組織とは一線を画すスタンスを公に強調し魔法師の犯罪者は一般人の犯罪者と同様に例外的な存在であることを示すチャンスとして活用するのが得策でしょう」

「戦闘行為は避けるべきということですね」

「私闘も犯罪ですから、絶対に避けるべきだと思います」

「分かりました。……では、ルイを派遣しようと思います」

レナが少し悩んで、あるメンバーの名前を口にする。

「サブリーダーを？　しかし彼の能力傾向は戦闘に偏っていますが」

シャーロットは反対というより意外感を表明した。

「ルイならば経験も豊富ですし、彼の魔法ならFAIRがどんな異能者を送り込んできても逃げられると思いますので」

しかしこの人選に関しては、レナは意見を変えなかった。

「そういう趣旨なら反対しません。ただし、レナから十分に言い含めておいてください」

「もちろんですよ」

電子ペーパーを返却しながらシャーロットが念を押し、レナは笑顔で頷きながら端末を受け取った。

FAIRの動きを遼介にも報せておいた方が良いとレナが考えたのは、明確な根拠の無い直感的な思い付きだった。遺跡があるかもしれない、その発掘品が狙われているかもしれないという会話から、先日の人造レリック盗難未遂事件を連想したのだろう。

（日本は……午前六時過ぎ。遼介なら起きている時間ですね）

まだ起きたばかりと思われる時間だが、仕事が始まり他人と一緒にいる所では連絡しにくい。レナは椅子に深く腰掛けて目を閉じ、遼介に向けて意識を飛ばした。

遠上遼介の朝は早い。前日余程の夜更かしをしていない限り、起きる時刻は季節を問わず午前五時。雨が降っていなければ朝食前に走り込みと型稽古でたっぷりと汗を流しシャワーを浴びる。雨の日は走り込みができない分、ストレッチと型稽古にじっくり時間を掛けて、やはりシャワーを浴びる。それが彼の、特別な仕事が無い日の日課だ。

梅雨が近付いているのだろうか。この日は朝から空一面雲に覆われていたが、雨は降っていない。雲もそれほど厚くはなく、外は薄暗い程度。彼はいつも通りランニングと型稽古を終えて六時にはシャワーを浴び終えた。

まだ部屋に冷房は入れていない。彼はハーフパンツだけを身に着け上半身裸のまま浴室を出た。キッチンに行き冷蔵庫の中をのぞき込む。そこで遼介はふと、背後に薄い気配を感じた。

遼介は急いで、ただし慌てず、隙を作らないようにして振り返る。

その視線の先では、今まさに若い女性の姿が結像しようとしていた。

見た目は若い女性と言うより少女のよう。（遼介の主観では）美しいという言葉に収まりきれない神々しい姿は、彼にとって見誤りようのないものだ。

「ミレディ」

その人影に遼介が呼び掛ける。彼の部屋に突如現れたのは紛れもなく、バンクーバーにいるはずのレナ・フェールだった。

『遼介……』

ぼんやりとしていた彼女の眼差しが、徐々に焦点が合ってきたのか、しっかりしたものに変わる。

『──きゃあああぁ！』

突如放たれた悲鳴。それが耳で聞いた声なのか、頭の中に響いただけのものだったのか遼介には区別がついていない。正解は驚愕と羞恥の思念が遼介の頭の中で悲鳴として翻訳されていたのだが、レナの「声」は肉声とまるで区別がつかないほど明瞭なものだった。

『ごめんなさい！　まさか着替え中とは思わなくて！』

レナがクルリと背を向ける。良く見れば、靴を履いたままのその足とフローリングの床の間にわずかな隙間があった。それを見てようやく遼介は、レナが実体ではないことに気付いた。

「ミレディ、アストラルプロジェクションですか……？」

『え、ええ。遼介に見せるのは初めてだったでしょうか』

レナが羞恥と動揺を残した「声」で遼介の質問に答える。思念がダイレクトに伝わっているからなのか、彼女がまだ恥ずかしがっているのが遼介には手に取るように分かった。

恥じらうレナは可愛くて魅力的だったが、敬愛するリーダーに何時までもそんな思いをさせておくわけにはいかない。遼介は大急ぎで地肌に直接シャツを羽織って袖を通した。

「ミレディ、もう良いですよ」

レナの星気体が恐る恐る振り返る。遼介が上半身にもちゃんと服を着ているのを見て、彼女は露骨に安堵の表情を浮かべた。

どうやら自分の言葉は完全に信じられていなかったようだ。――遼介はそう思ったが、彼の心に怒りは湧いてこなかった。少女のような警戒心に、ただ微笑ましさを覚えるだけだ。

『突然お邪魔してごめんなさい』

星気体のレナがぺこりと頭を下げる。こういう所作も、彼女は少女のように可愛かった。

「それは構いませんが、驚きました。まさか太平洋を越えてアストラル・ボディを送り出せるとは。さすがはミレディですね」

遼介の大袈裟な称賛は心からのものだ。それが分かるから、レナも照れ隠しに怒ってみせられない。

『私のアストラルプロジェクションは本物の遣い手のもののように、自由自在に飛び回ることはできません。距離に拘わりなく、自分が良く知っている場所か、自分が心を許している相手の許にしか飛べないのです』

「光栄です……！」

遼介の声は誇らしげで、歓喜に満ちている。

『えっ？』

レナは今更のように、自分のセリフが大胆に解釈できるものであることに気付いた。

『あの、心を許しているというのは同志的な意味で……』

男女の意味ではない、とレナは言おうとしたのだが、遼介はそのセリフを最後まで言わせなかった。

「それで十分です！」

『えっ？』

レナの口から直前とは印象が違う、少々間抜けな声が——正確には「口から」ではなく「声」でもない——漏れる。

「同志として、ミレディのお心に沿うことができている。これに勝る喜びはありません！」

しかし遼介はお構いなしに、喜びを熱く語る。

『……一つお報せしたいことがあってお邪魔しました』

レナがいきなり、妙に平坦な口調で切り出した。――多分、遼介のテンションについていけなくなったのだろう。

「何でしょうか」

遼介にそれを察した様子は無かった。彼の感性はそれほど鈍くはないのだが、レナが絡むと別人のようになる。

『FAIRに新たな動きがありました』

「FAIRがまた日本にエージェントを送り込んでくるのですか？」

先日FAIRが送り込んできた二人組の犯罪者に散々振り回されたのは、遼介にとって苦い記憶だ。

『いえ、ステイツ国内の動きです。遼介、シャスタ山を知っていますか？』

「カリフォルニア北部にある有名な観光地でしょう。何でもパワースポットなのだとか」

『そのシャスタ山にFAIRが構成員を派遣するようです』

「……観光地にありがちな客寄せではなく、シャスタ山には本当に何かあるのですか？」

遼介が持つシャスタ山の知識は、観光案内のウェブサイトに掲載されているレベルのものでしかない。

『あの山が先住民の聖地というのは事実です。何かがあっても、おかしくないと考えています』

「そうですか。ミレディが仰るなら間違いないのでしょう」

遼介は自分のことを馬鹿にしているのではないと、レナは理解している。それでも、こうも無批判に受け容れられると邪推したくなるのは、人間の心理として仕方が無いと思われる。

『……遼介にお報せしたのは、FAIRの狙いが先日の人造レリック盗難未遂と何処かでつながっているのではないかという予感がしたからです』

「ミレディの予感ですか……」

今度は反射的に賛同し称賛するのではなく、遼介は真剣な表情で考え込んだ。

『遼介？』

「ミレディ。この件を司波達也に報告しても構わないでしょうか……？」

『そうですね……。構いません。日本でもまた新たな動きがあるかもしれませんから』

レナの決断は早かった。

『遼介の判断で私の名前を出しても構いませんよ』

遼介がレナに向けている目を大きく見開く。

「それでは私がFEHRの一員だと自白するようなものですよ!?」

『構いません』

レナの答えに、躊躇いは無かった。

『四葉家に関する噂が真実なら、どうせ長くは隠しておけないでしょう』

「……それについては同感です。分かりました。ご許可、ありがとうございます」

同感というのは追従ではなく本音だ。遼介は早くも――彼の主観では――自分の正体を曝す覚悟を決めた。

『それでは遼介。お邪魔しました』

「ええ、ミレディ。ご来訪は望外の喜びでした」

『……遼介はいつも、大袈裟すぎるんですよ』

羞じらいの表情を浮かべたまま、レナが姿を消す。

その少女のような初々しさに遼介の頰は緩んだまま、しばらく元に戻らなかった。

◇　◇　◇

レナが帰った約一時間後。遼介は何とか頰を引き締めて魔工院に出勤した。

「遠上さん。何か良いことがあったんですか？」

しかし完全にいつもどおりとはいかなかったようで、知り合ってまだ然程経っていない真由美に一目で指摘されてしまう。

「……いえ、別に。強いて言うなら、夢見が良かったくらいでしょうか」

「そうなんですね」

ただ遼介にとって幸いなことに、それ以上の追及は無かった。

真由美は質問を重ねる代わりに、軽くため息を吐いた。

「……七草さんの方こそ、何かあったんですか？」

遼介に問い返されて、真由美は「あっ、いえ」と笑顔で首を横に振る。

だがその笑みは明らかに、無理をして浮かべたものだった。

遼介が真由美を無言で見詰める。

「……最近、以前にも増して視線を感じるんです。それで、気持ちが休まらなくて……」

視線の圧力に負けた真由美が渋々悩みを打ち明けた。

「ストーカーですか？」

遼介が眉を顰め、心配そうな声でさらに問う。

「一人の視線ではないので、違うと思います。七草家の私がここで働いているのが噂になっているみたいですので、多分その関係ではないかと」

「そうですね」

口では同意して見せた遼介だったが、

（一人じゃないというだけなら、組織的に七草さんを監視していたケースも考えられるんじゃないか？）

頭の中では別の可能性を考えていた。

ただこの時の遼介は、それを突き詰めて考えられなかった。事務室に入ってきた人影に、彼は思考の中断を余儀なくされたのだ。

「専務、おはようございます」

突然姿を見せた達也に、真由美が素早く立ち上がり挨拶する。

「おはようございます」

遼介もすぐそれに続く。真由美に慌てている素振りはなかったが、遼介は結構動揺していた。

達也が魔工院に顔を出したのは隆雷が学院長に就任した二十二日以来だ。彼は基本的に町田か巳焼島で執務していて伊豆に来ることは余り無いが、五日ぶりなら驚くほど稀ではない。やはり、今朝レナと会っていたばかりというタイミングが遼介の狼狽を誘ったのだろうか。

「おはようございます。遠上さん、十分後に私の部屋まで来てください」

そこに、いきなりこれだ。

「はい」

応えを返す遼介の声がひっくり返らなかったのは、偶然でしかなかった。

ぴったり十分後、遼介は達也の個室をノックした。なお、扉に貼られているプレートは「専務室」ではなく「理事室」だ。魔工院は学校法人ではないが、内部向けの呼称には分かり易く学校法人の名称を流用している。

中から「どうぞ」という返事があり、遼介は扉を開けた。部屋の中に、達也以外の人影は無かった。

達也がデスクの奥で立ち上がり、応接セットの上座に移動する。そして向かい側のソファを遼介に勧めた。

二人が同時に腰を下ろす。そのタイミングで、非ヒューマノイドタイプのロボットがお茶を持ってきた。

ロボットアームが湯呑みをテーブルに置く前に、達也が自分の分を取り上げる。遼介もそれにならった。

「遠上さん、ここの仕事には慣れましたか？」

「はい。御蔭様で、かなり勝手が分かってきました」

達也の質問の意図が分からず、遼介の口調は慎重なものになる。

「それは良かった。しかし、せっかく慣れてきたところで申し訳ないのですが、遠上さんにはいったん魔工院の業務を離れて別の仕事をお願いしたい」

この達也の言葉を聞いて遼介が最初に思ったのは「もしかして戦力外通告か？」だった。

彼は既に、事務仕事には不適格の烙印を押されている。代わりに命じられたウェブサイトの構築も停滞している。ただ足踏みしているのはコンテンツが固まらないからで、技術的な部分は完成しているのだが、それを評価してもらえるかどうか、遼介には自信が無い。

「……内容をお聞かせ願えますか」

遼介は神妙な声音と口調を作って、恐る恐る訊ねた。

「メイジアン・ソサエティからの依頼です」

達也はいったん言葉を切って、遼介の瞳をのぞき込む。

遼介の心に当惑が広がった。

メイジアン・カンパニーとメイジアン・ソサエティは、遼介の認識では、どちらも司波達也という同一人物が実権を握っている組織だ。だがこの一月足らずで、カンパニーとソサエティはそれ以外につながりの無い別組織だと彼は理解していた。

メイジアン・ソサエティは四大国の一つ、インド・ペルシア連邦が深く関わっている国際組織。そこからの依頼が、IPUとの伝手も無く達也のような国際的な知名度も無い、別組織の一従業員で一般人に過ぎない自分のところへ何故回ってくるのだろうか？

一体何をさせるつもりなのだろうか？

遼介の中で当惑はたちまちのうちに、不安に変わっていた。

彼は不安を解消すべく、依頼の具体的な内容を問い返そうとした。しかしその前に、遼介の機先を制するように、達也は彼の疑問に対する答えを告げた。

「ソサエティは他のメイジアン団体との提携を設立当初から検討しています。その最初の候補にFEHRを選びました」

遼介は必死に動揺を隠そうとしている。だが成功したのは、辛うじて声を上げないことだけだった。

遼介の強張った顔に浮かんでいる焦りを、達也は指摘しなかった。

「そこで、FEHRの拠点があるバンクーバーに土地勘がある遠上さんにプレ交渉をお任せしたいのです」

「……プレ交渉とは、何をすれば良いのですか？」

「提携交渉の打診です。こちらが提携交渉のテーブルを用意したとして、そこに招くことが可能かどうか。FEHRのリーダー、ミズ・フェールの意思を確認してきてください」

達也は遼介がFEHRのリーダーに会えるという前提で話をしている。門前払いの可能性は、端から念頭に置いていない様に見える。

（これはもう、ばれてるな……）

遼介はそう思った。

自分がFEHRの一員であることは既に知られていると、観念した。

「専務。既にご存じかもしれませんが……」

遼介は相手から事実を突きつけられる前に、自分はFEHRのメンバーだと白状することにした。しかし決意はしたものの、またつい先程レナと話をしている最中に覚悟を決めていたものの、やはり簡単には告白できず口ごもってしまう。

「何をでしょう」

達也に問われて、

「……私はFEHRのメンバーです」

遼介はようやく真実を吐き出した。それで肩が軽くなったように感じたのは、彼が根本的に騙し合いには向いていないということなのだろう。

「そうなんですか？　それは都合が良い」

遼介の告白を受けて、達也は軽く驚いて見せた。事情を知っている者には白々しいと感じられる口調で、そう応えた。

「渡航準備はこちらで調えておきます。遠上さんはご自分の旅支度を進めておいてください」

「専務。その前に、お耳に入れておきたいことがあります」

毒を食らわば皿まで、ではないが、遼介は多分言う必要の無いことまで白状しようとしていた。精神的な負荷軽減を感じたことで、一種の告白衝動に捕らわれたのだろうか。

達也が目で続きを促す。

遼介は今朝自分の部屋をレナがアストラル体で訪れたことと、彼女が教えてくれたFAI

Rの動向について語った。

レナのアストラルプロジェクションについては、どう考えても秘密にしておくべき手の内だ。しかしこの時の遼介は、そこまで気が回っていなかった。

達也もレナの能力が想定していたより強力なものだったことに軽い驚きを覚えながら、興味を惹かれた素振りを見せなかった。

「……貴重な情報、ありがとうございます。では私の方からも一つ、お話ししておきましょう。おそらくFAIRが関与している件です」

FAIRの動きをレナが気にしていると知っているからか、遼介が前のめりに耳を傾ける。

達也が語ったのは、糸魚川の博物館からレリックの原材料と見られる遺物が盗み出された事実と、それにFAIRが関与しているという推測だった。

実は達也が口にした情報は、それほど秘匿性の高いものではない。盗難は遺物の魔法的な性質を除けばニュースで報道されている事実で、FAIRの関与は単なる推測だ。レナの魔法スキルに比べれば重要度はずっと低い。

だが遼介は、レナの「予感」の裏が取れたと満足していた。

「専務、今の話をFEHRのリーダーに伝えてもよろしいでしょうか」

「構いませんよ」

気の逸りを隠せていない遼介のリクエストに、達也は快く一言で頷いた。

「ありがとうございます」

この情報はレナの役に立つに違いない。遼介はそう考えて喜びを覚えている。そこに「大して重要な情報ではないから」と水を差すのは、野暮というものだった。

遼介と話をした後、達也は大学に向かった。まだ三限目に間に合う時間だったし、講義以外にも用ができたからだ。

いつもの要領で欠席している間の課題を片付けた後、達也はサークル室に文弥と亜夜子を呼び出した。サークルの名称は『未確認魔法研究会』。

名前だけを聞くと真面目に魔法を研究しているサークル活動のように思われるが、実態は事実上活動を休止していた同好会を達也が乗っ取ったもので、同好会員は四葉家の息が掛かった学生、サークル室は魔法大学における四葉家の活動拠点になっている。

なお深雪とリーナはこの同好会に所属していないが、サークル室には頻繁に出入りしている。そしてそのことに誰も文句を言わない。亜夜子と文弥も会員ではないが、同じく彼らを邪魔者扱いする者はいない。

「達也さん、失礼します」

「お邪魔します、達也さん」

達也が一人きりで待っていたサークル室に、相変わらずタイプが違う二人の美女にしか見えない双子の姉弟が文弥、亜夜子の順番で入ってくる。他の同好会員がいないのは、達也があらかじめ人払いを命じていたからだ。

前述のとおりこのサークルの会員は全員四葉家の支配下にある魔法師か、四葉家の援助を受けている学生だ。達也の指令に従わない者はいない。今や達也は四葉家の中で当主に次ぐ地位を認められているのだった。

「忙しい中すまないな」

「いえ、達也さんのお呼びとあれば」

「何を差し置いても参りますわ」

文弥と亜夜子がぴったりの呼吸で一つのセリフを分かち合う。まるで事前に練習してきたようだ。二卵性といえどさすがは双子と思わせる息の合い方は、文弥が女装に——厳密には、女性に見えても構わない装いに——開き直ってから顕著なものになっていた。

「それで、どのようなご用ですの？」

もっとも、ファッション同様話し方にも明確な差がある。亜夜子が普段から殊更に女性を強調するような言葉遣いを好むようになったのは、もしかしたら文弥と意識的に差を設けようとしていたのかもしれなかった。

「先日、糸魚川でレリックの原材料とみられる遺物が盗まれた件は知っているな？」

達也の問い掛けに、文弥と亜夜子が揃って頷く。

「その件で遠上から関連すると思われる情報が提供された」

そう前置きして達也は、レナから遼介経由でもたらされたＦＡＩＲの動きを説明した。

「……あの男、とうとう自分の正体を認めたのですか」

亜夜子が漏らした声は、明らかに非好意的なものだった。

「やはり亜夜子は遠上のことを敵だと思っているのか？」

達也がたしなめるでもからかうでもない、ニュートラルな口調で亜夜子に訊ねる。

「味方ではないと思っております」

亜夜子の答えには躊躇いも戸惑いもなかった。

「達也さんは遠上遼介をどう扱うつもりなんですか？」

この質問は文弥のもの。

「実は、ソサエティとＦＥＨＲの間に協力関係を結べないかと考えている」

「カンパニーではなくソサエティとの間で、ですか」

「ソサエティならば、よろしいのではないでしょうか」

前者は文弥、後者は亜夜子。二人とも反対ではないようだ。

「その交渉の打診に遠上を派遣しようと考えている」

「交渉の打診ですか。交渉そのものではないんですね」

「遠上にやってもらうのは、交渉のテーブルに誘う役目だ」

文弥に向かって達也が頷く。

「良いと思います。そのままFEHRに返してしまえばさらに良しですね」

亜夜子が憎まれ口なのか本気なのか分かりにくい口調で賛成する。彼女は、遼介に対する不信を改める気は無いようだった。

「信用して良いの？」

そう問い返したのはリーナ。場所は達也と深雪の自宅の、ダイニング。夕食の席で達也が告げた「遼介をFEHRに派遣する」というセリフに対する反応だ。

「リーナも一貫して遠上のことが信用できないんだな」

達也が苦笑を漏らす。

「ワタシも、って？」

「亜夜子も遠上は信用できないというスタンスを貫いている」

リーナが「フーン……」と漏らす横から、深雪が口を挟む。

「わたしたちよりも先に、亜夜子さんに話されたのですか」

以前のような分かり易さはないが、深雪は明らかに拗ねていた。

「亜夜子と文弥は、糸魚川の博物館からレリックの原材料が盗難された件の調査を叔母上から命じられている。関係がありそうな情報は速やかに伝えなければならなかった。そのついでだよ」

「糸魚川の件と何か関係があるのですか？」

深雪が一転、真顔になって訊ねる。

達也は遼介から聞いた話を、深雪たちにも一から説明した。

「ステイツから日本へアストラル・ボディを飛ばしたですって⁉　レナ・フェールはそんなに強力な魔法師だったの⁉」

リーナはFAIRの動向よりそちらの方が気になったようだ。

「無条件に太平洋を越えられるわけではないだろう。自分が熟知している相手の前とか、そんな条件があるんじゃないか？　魔法に影響を与える距離は物理的なものより精神的な遠近だからな」

「……理論的にはタツヤの言うとおりだと思うけど、そう考える根拠はあるの？」

「遠上を送り込んできたことが根拠だ。アストラル体を自由に送り込めるなら、探りを入れるのに人間を送り込む必要はない」

「……そうかもしれないわね」

いったんリーナは納得したようだった。

「FAIR(フェア)はレリックを諦めていないのでしょうか？」

今度は深雪(みゆき)が、不安げに質問する。

「人造レリックの盗取は諦めたのではないかと思う」

「オリジナルレリックに狙いを変えたと？」

深雪(みゆき)の推測に、達也(たつや)は頷(うなず)いて同意を示した。

「カリフォルニアのシャスタ山といえば前世紀から所謂(いわゆる)パワースポットとして、日本でもその方面の人間には有名な観光地だ。確か、先住民の聖地とされているんだったな？」

「……ええ。確か、そうよ」

達也(たつや)に訊(たず)ねられて、リーナが首を縦に振る。

「おそらく、オリジナルレリックと同じ様な機能を持つレリックが出土する可能性を求めているのではないだろうか」

「アメリカでも魔法式保存のレリックが見付かると仰(おつしや)るのですか？」

深雪(みゆき)が「思ってもみなかった」という声で達也(たつや)に訊(たず)ねた。

「レリックの正体については何の証拠も得られていない。単なる推測でしかないが、先史文明の遺物ではないかと俺は考えている」

深雪とリーナが揃って驚きと意外感を見せる。

「先史文明？　魔法技術を発展させ滅んだ文明があったとタツヤは考えているの？」

リーナが「本気？」と言いたげな口調で質問した。

「レリックが自然にできた物でないのは分かっている。アンティナイトも同様に人工物だろう。ならば物質に魔法的な効果を付与して利用していた文明が存在したと考える方が理に適っているのではないか？」

「ウーン……」

リーナは達也の推測が納得できないと言うより、消化不良を起こしている感じだ。

「その様な文明が、日本列島だけでなく北アメリカ大陸にも存在したと？」

深雪の質問は対照的に、達也の言葉が正しいということを前提にしたものだった。

「アンティナイトは世界各地で出土している。日本だけが特別と考える理由は無い」

達也のこのセリフには、それまでと違って確信がこもっていた。

[10] USNA潜入(3)

日本時間五月二十八日午前二時。

光宣は水波と一緒にUSNAへ降下した。現地時間は二十七日午前十時。観光を始めるには、ちょうど良い時間だ。

FAIRの調査という目的を光宣は忘れていない。だが、それだけで終わらせるつもりは無かった。

魔法資質保有者には訪れるのが難しい異国の地。

しかし光宣と水波にとってはそれ以上に、祖国の土を踏むのが難しい。二人に辛うじて上陸(降下と言うべきだろうか?)が許されているのは巳焼島の、四葉家が占有する一画のみ。

水波が地上で暮らせなくなったのは自分の所為だと光宣は思っている。それが自分の思い込みでないことも光宣は理解している。だから水波が地上を堪能できる機会を、光宣は決して逃すつもりが無かった。

観光に必要な偽造パスポートとパスポートに合わせた別人名義のクレジットカードは達也に用意してもらっている。調査のついでにサンフランシスコの街を水波に楽しんでもらいたいという光宣の願いを達也は快く了承してくれた。その恩情に報いる為にも、光宣は精一杯水波をエスコートするつもりだった。

彼自身が水波とのデートにかなり浮かれていることに、光宣は気付いていなかった。

一昨日同様、光宣は高千穂からサン・アンドレアス湖岸の人気が無い場所に降りた。一昨日と違うのは水波を連れている点だ。

光宣はそこでロボットタクシーを呼んだ。行く先はサンフランシスコ国際空港。「何故空港に？」と水波が不思議そうに訊ねたのは、サンフランシスコに着いたばかりであることを考えれば当然かもしれなかった。

その素朴な疑問に対する光宣の答えは。

「普通の海外旅行は、空港に降りたところからスタートするものだろう？」

どうやら光宣は観光の定石を踏みたいと考えているようだ。水波が笑顔で「そうですね」と相槌を打ったのはそんな光宣の、ある意味で子供っぽさが微笑ましく感じられたからだが、光宣は自分に向けられている温かい眼差しの意味を理解していなかった。

サンフランシスコは世界大戦以前の街並みが良く保存されている。公共交通機関も二十一世紀初め頃のものが現役で多く残っていた。空港から市街地中心部へ向かう為に二人が使った乗り物も、個型電車のような少人数分散型の新しい交通システムではなく昔ながらの高速鉄道だ。

ただこのことは別に、公共交通機関に関して日本の方がＵＳＮＡよりも進んでいるという意味ではない。ＵＳＮＡでは個型電車よりもロボットタクシーが発達しており、日本よりも数が多く料金も安いのである。

「こういうのって、懐かしいというより何だか新鮮ですね。風が気持ち良いです」

水波がこの感想を漏らしたのは、ケーブルカーの車中だ。人が密集しているのはそういうシチュエーションになれていない光宣にとって余り気持ちの良いものではなかったが、その点以外は彼も同感だった。

二人が空港から市街地に入ってまず向かったのはウォーターフロント北部、サンフランシスコ観光定番のフィッシャーマンズワーフだ。ウィンドウショッピングを楽しんだ後、お昼時になったので屋台で名物のロブスターロールを買って二人で分け合う。光宣も水波も、自分たちで思っていたよりも空腹だったのがロブスターロールを食べてしまってから判明した。

もう一つ同じ物を買うのではなくせっかくだから別の物を、ということで二人は観光案内に掲載されている有名なベーカリーに向かった。

注文したのはクラムチャウダー。少し待つと、サワーブレッドを刳り抜きその中にクラムチャウダーがこぼれそうに満たされた——実際、少しこぼれていた——皿が二人分運ばれてきた。

「少し多いかな？」

今回は一人分を分け合うのではなくちゃんと二人分注文したのだが、想像していたより量が多い。心配になって問い掛けた光宣だったが、

「そうですか？」

と水波に不思議そうな表情で問い返された。

「M……っ、光兄さま、大丈夫ですか？」

結果的に、無理をして少し苦しそうな顔をしているのは光宣の方だった。

なお最初に「M・i」と発音し掛けて咄嗟に言い直した「光」というのは偽造パスポートに記されている光宣の偽名。いや、偽名というのは、厳密には正しくないかもしれない。公的には、光宣は死んだことになっている。今の光宣の公式な氏名は『桜島光』だ。

「み……奈。大丈夫だよ」

そして水波もまた死んだことになっている人間であり――パラサイトになったことで人間としては死んでいるとも言える――、彼女の公的な身分は光宣の妹の『桜島美奈』となっていた。

兄妹設定は妥協の産物だ。当初達也は、夫婦という設定で偽造パスポートを作ろうとしていた。だが主に恥ずかしいという理由で光宣が反対し、普通に友人同士を希望した。しかし法的に他人の関係ではホテルや空港で当局が絡む手続きが必要となった際、支障を来す恐れがある。

また、水波としては光宣に対して「さん」付け、あるいは「くん」付けで呼ぶ関係よりも、「兄さま」と「様」付けで呼べる関係の方が慣れの問題で好ましかった。光宣の方にも、偽名の呼び捨てならば本名程には抵抗が無い。「みなみ」と「みな」、将来そういう関係になった時の練習に良いかもしれないという願望めいたものもあった。

そうした諸事情により、光宣と水波は公的には兄妹という関係になったのである。

胃もたれを覚えながら光宣は平然とした表情を取り繕った顔を水波に向けた。ただ、余り上手くいっているとは言えない。だがそれを指摘する程、水波は無神経ではなかった。

彼女は「海を見に行きませんか」と光宣を誘った。少し歩けば満腹感も和らぐだろうと考えたのだ。

水波が自分のことを気遣っているのだと理解できない光宣ではなかった。それに体調を抜きにしても好きな女の子と二人きりで異国の海辺を散歩するのは、多くの時間を病床で過ごしてきた彼にとって、魅力的に思われる申し出だった。

光宣は水波の誘いに、二つ返事で頷いた。


「あれがゴールデンゲートブリッジですか……？　金色じゃないんですね」

赤みが強いオレンジ色の吊り橋に目を向けながら水波の口から漏れた感想は、名前だけしか知らない旅人にはありふれた勘違いに違いない。もっとも、今時の観光客がこの橋のことを調べずにサンフランシスコへやって来ることはまずないだろう。水波の言葉を耳に挟んだのか、クスクス笑っている若い女性もいた。肌の色や顔立ちからは日本人に見えないが、日本民族以外の人種の血が濃いのか、偶々日本語を理解できたのだろう。

「橋の名称はこの海峡の名前、『ゴールデンゲート』に由来しているらしいよ」

「そうだったのですか」

もっとも、光宣も水波もそんな礼儀知らずは相手にしていない。

「海峡の名前が付いたのはカリフォルニアで金鉱が発見された少し前らしい。だからゴールデンゲートと言っても、黄金が通過していた海峡という意味で名付けたのではないようだね」

「面白い偶然ですね」

「全くだ。命名したフリーモント船長には予言の才能でもあったのかな」

二人の視界の隅で、決まり悪そうにコソコソと立ち去る人影が見えた。先程水波の誤解を笑っていた若い女性のグループだ。彼女たちが「ゴールドラッシュにちなんで付けられた名前なのに」と聞こえよがしに言っていたのを、光宣はしっかり聞いていた。

「あちらの島がアルカトラズですか？」

他方、水波は本当にまるきり気にしていなかったようだ。まさしく「眼中に無し」だった。

「そうだね。行ってみたい？」

「有名な場所ですから、正直申しまして興味はあります。でも、行けるんですか？」

「ちょっと待ってね……」

光宣が携帯端末で検索を掛ける。

「……戦前は上陸できたけど、今は船で島の近くを一周するだけしかできないみたいだ。施設が老朽化していて中に入ると危険だから、だそうだよ」

「でしたら、仕方がありませんね」

「遊覧船のチケットを申し込んでみる？　すぐの便は無理だけど夕方の船には乗れるかも」

「そうですね……。申し込むだけ申し込んでみましょう」

「分かった」

端末に開いていた申し込みサイトで、光宣が予約を応募する。

「六時出発の遊覧船に応募したよ。結果は四時頃送ってくれるって」

「結果発表までまだ二時間以上ありますね。光兄さま、これからどうしましょう？」

早速慣れたのか、水波は支えることなく光宣のことを偽名で呼んだ。

光宣としては、本当の名前で呼んでもらえないのが少し寂しいような気分だ。

「そうだね……。レンタサイクルでゴールデンゲートブリッジを渡るのはどうだろう。自転車専用道路があるみたいだから安全だ」

「良いですね！　そうしましょう」

だが水波が見せた笑顔に、そんな我が儘な気分は光宣の中から吹き飛んだ。

二人はゴールデンゲートブリッジを渡り対岸のサウサリート市にある絶景ポイントの丘から景色を堪能した後、サンフランシスコ市側に戻りロボットタクシーで太平洋側のベイカービーチへ。そこで砂浜のお散歩デートを楽しんだ。

三年間近く眠っていた光宣と水波は、新婚ほやほやどころか実質的には恋人同士になったばかりだ。多幸感を辺り構わずまき散らしてしまうのも、仕方の無いことかもしれない。

そんな二人を物陰から見詰める視線があった。ただそこに込められた意思と感情は、祝福でも憧憬でも嫉妬でもなかった。息を潜め物陰から標的を狙う、刺客の視線だった。

「チケットが取れて良かったですね」

水波が弾んだ声で言うように、二人は無事乗船チケットに当選した。

「そうだね。そろそろ行こうか」

現在の時刻は午後五時。一年で最も日が長い季節、かつサマータイム（デイライト・セービング）の期間中なのでまだまだ夕暮れには程遠い。サンフランシスコの日没は午後八時過ぎだ。明るい内にビーチを去るのは少しもったいない気もしたが、せっかく当選したチケットを無駄にする方がもったいない。光宣はそう考えて水波に移動を提案した。

頷いた水波と一緒に道路へ向かいながら、光宣は携帯端末でロボットタクシーを呼ぶ。表示された待ち時間は五分以上、十分以下。さっきよりも、やや混んでいるようだ。市街地から少し離れている所為かもしれない。

五分後、道路脇で待っていた二人の前にタクシーが停まる。光宣が呼んだロボットタクシーではない。今時珍しい有人タクシーだ。

「――ハンサムボーイ、乗っていかないかい？　キュートなガールを道端で待たせるもんじゃないぜ」

助手席から話し掛けられた英語は、光宣たちの耳で聞いても少し不自然だった。事前に目を通した観光案内には、サンフランシスコでは流しのタクシーは走っていないという注意書きがあった。おそらく違法タクシーだろう。

「もう別のタクシーを呼んであるから乗らない」

光宣はつけ込まれる隙を見せないよう、強気な態度できっぱり断った。

「おいおい、こっちは善意で言ってるんだぜ」

そう言いながら、窓から身を乗り出す助手席の男。彼の右腕は肘が窓の枠に乗り、左手にはリボルバー拳銃が握られている。その銃口は光宣へと向けられていた。

「乗れよ」

男が凄む。

だが当然と言うべきか、光宣に怯えている素振りは無かった。光宣の肉体はパラサイトの超治癒力を備えている。仮に撃たれても傷はすぐに消える。またそれ以前に、超能力者に匹敵する魔法発動スピードを誇る光宣が、むざむざ撃たれることはない。

「光兄さま、何だかおかしくないですか？」

怯えていないのは光宣だけではなかった。水波にも訝しげにそう問い掛ける余裕があった。

「おいっ！　脅しだと思ってんのか⁉」

苛立たしげに男が怒鳴る。

「五月蠅いな」

光宣は男に、煩わしげな声で応えた。

光宣は降下時からずっと、パレードで姿を変えている。今の容姿は普通にハンサムな見た目だ。素顔の、非人間的な迫力は無い。

にも拘わらず、声音と視線だけで光宣は相手の男を圧倒した。生き物としての、格の違いとでも言えば良いのだろうか。実のところ男は光宣の態度に腹を立て銃のトリガーを引こうとしていたのだが、強張った指は動かない。光宣を攻撃しようとする意識の命令を、光宣を恐れる無意識が拒んでいるのだった。

「自分の意思を完全に無くしているようには見えないな……。軽い暗示に掛かっている？」

光宣が独り言のように呟く。

「催眠術みたいなものでしょうか？」

光宣のセリフはかなり小さな声だったが、水波は聞き逃していなかった。

「単なる催眠術じゃなくて、薬を使った洗脳かな……。僕も余り詳しくないけど」

水波に答えて、光宣は男へ視線を戻した。水波に向けていた優しい目とは対照的な、冷たい目付きだ。

「おい、お前」

その声も目付きに相応しい、ごく自然に相手を見下しているものだ。それが光宣の場合は、不思議と嫌みではない。人外の美貌を抜きにしても光宣には王侯貴族の、「貴公子」の風格が備わっていた。

「誰に頼まれた?」

「……何の、ことだ」

助手席の男の途切れ途切れの口調は、呼吸困難に陥っているが故のもの。格の違いがもたらすプレッシャー、だけではなかった。実を言えば、光宣は精神に継続的なダメージを与える魔法を行使していた。助手席の男だけでなく、運転席の男にも。CADを使わずそれと同等にスピーディ、かつ正確に魔法を行使できるのはパラサイト化により得た能力だ。

もっとも光宣が今使っている魔法は、単に心理的な圧力を掛けるだけのもの。自白を強制するような意識を支配する効果は無い。魔法師でなくても掛けられるプレッシャーを数倍に高めたような効果しかない。

こんな消極的な魔法を使っているのには無論、訳がある。魔法の無断使用に対する監視は日本よりもむしろ、USNAの方が厳しいのだ。身許の偽造が完璧であっても、光宣と水波は本来この場にいないはずの人間。いや、厳密には人間ですらない。警察に目を付けられるような真似は、極力避けたいのだった。

その点、同じ精神干渉系魔法でも「精神」という事象に対する改変を伴わずプレッシャーだけを掛ける魔法は、「魔法」と判定されにくい。このような状況では使いやすいのだった。

「もう一度訊く。誰に頼まれた？」

しかし意思に干渉して自白を強要するものではないから、直接の効果はやはり低い。光宣は自白を引き出すべく圧力を強めた。

「し……知らん。若い……カップルからこの車を借りて……。お前たちを連れていけば、車をもらえると……」

「若いカップル？　どんなやつらだ。人種は？　目と髪の色は？　身長はどのくらいだ⁉」

さらに問い詰める光宣。だが答えは返って来なかった。

「気絶したか……」

つまらなそうに光宣が呟く。聞く人によっては「人でなし」と感じたかもしれない。幸い水波は「クール」と感じていたが、「あばたもえくぼ」ではないという保証は無い。

もっとも水波がそう感じたのは、それに続く一幕の印象が強かったからに違いない。

「みなっ！」

光宣の叫びは「美奈」ではなく「みなみ」と言い掛けたのが偶々最後まで発音しきれなかったもの。

彼は叫ぶと同時に水波の身体を引き寄せ、自分と場所を入れ替えた。

次の瞬間、くぐもった破裂音と共に、光宣の右足から鮮血が迸る。

四葉家で十分な銃の訓練を受けていた水波は、小さな破裂音がサプレッサーを付けた自動拳銃の発射音だと聞き分けた。

よろける光宣を、水波が慌てて背後から支えようとする。

だがその必要は無かった。光宣はすぐに撃たれた右足を踏ん張り体勢を立て直した。銃創から血と共に小さな物が吐き出される。銃弾が彼の肉体から排出されたのだ。

同時に、走り抜けていった自走車が突然スピンする。パンクではない。その車にはエアレスタイヤが使用されていた。

パンクではなく、脱輪したのだ。二一〇〇年現在では整備不良でもほぼ起こらない、欠陥車両でもなければ発生しないような事故。

このケースは車両欠陥ではない。そもそも厳密な意味での事故ですらない。

光宣の魔法だ。銃で撃たれ血をしぶかせながら一瞬で魔法を構築し、放ったのである。

道路とモノコックボディーの底を互いに削りながら路肩で止まった自走車の扉が全て、勢いよく開いた。乗っている人間が脱出の為に開けたのではない。これも光宣の魔法だった。

光宣が水波に「離れないで」と声を掛け、ＳＵＶタイプの自走車に歩み寄る。水波も、そのすぐ後ろに続いた。

光宣の足からはもう、血は流れていない。銃で撃たれた傷は既に治っていた。

自走車は運転席を光宣たちに向けて止まっている。その運転席には若い男性、助手席には若い女性が乗っていた。男の方が転げ落ちるように車を降りて、光宣に拳銃を向ける。銃口が定まっていないのはスピンで振り回され、感覚が回復していないのだろう。

男は構わず引き金を引いた。

光宣との距離は約三メートル。

銃弾は光宣の一メートル手前の空中で静止し、そのまま道路に落ちた。狙いは逸れていたが、水波が念の為に展開していた魔法シールドに引っ掛かったのだ。

女も銃を持っていた。そもそも光宣の足を穿った最初の銃弾は女が放った物だ。だが彼女は男の銃弾がシールドに阻まれたのを見て、銃は役に立たないと覚ったのだろう。光宣と水波に向かって魔法を放ってきた。

（何だこれ？　身体が動かない……？）

光宣が感じたのは不自由感。彼は過去に体験したことが無かったが、「金縛り」とはこういう感覚を覚えるものだろうか、と考えた。

（全身の動作が阻害されているだけだ。心臓を止めたりするものではないようだな……）

女の魔法はただ動けなくなるだけで、直接命を害するものではない。光宣はそう判断した。

（でも、許せないな……）

女の魔法は光宣だけでなく、水波も縛っている。

(水波さんを攻撃するなど、万死に値する！)

人間だった頃の光宣なら、こんなことで殺意を懐かなかっただろう。このメンタリティの変化は間違いなく、パラサイトになった影響だった。

女を指差そうとして右手を動かせなかった光宣は、視線だけで女に意志のフォーカスを合わせた。

次の瞬間――、

――女の身体が、燃え上がった！

全身から火花を放ちながら、たちまち女が焼け落ちる。

光宣の得意魔法『人体発火』だ。

標的の物体から強制的に電子を排出させる魔法。電子を取り除かれた物体は結合力を失い、分子レベルで分解する。その効果は人体だけに限定されるものではなく無機物にも同じように作用するが、編み出された切っ掛けが「人体自然発火現象」を魔法で再現したものであった為『人体発火』と命名されている。

達也の『分解』との見掛け上の違いは、電子の放出による火花を散らしながら外側から順次崩壊していく点だ。その為、炎を上げて燃え落ちていくような外見を呈する。可燃性の物体が近くにあれば電子火花で引火する点も、燃えているように錯覚するポイントだろう。

女が十秒足らずの内に、わずかな灰を残して消え失せる。

（……あれは何だ？）

灰の中から、いや、女が立っていた空間から何かが漂い離れていくのが見えた。物質的な存在ではない。非常に複雑な構造を持つ想子情報体だ。

（使い魔……？）

それは古式魔法師が使役する「使い魔」に似ていた。だが構造が非常に強固だ。周公瑾の残留思念――「亡霊」と表現する方が分かり易いだろう――を吸収した光宣は、使い魔についても詳しく知っている。しかし周公瑾から受け継いだ知識の中にも、これに該当するものはない。

（古い……。作り出されてから、少なくとも千年以上は……っ！）

情報の次元に向けられていた意識が、くぐもった銃声によって現実世界に引き戻された。魔法シールドが銃弾を受け止めた衝撃が、反射的に光宣の「眼」を情報体から逸らした。

彼は慌てて「視線」を「使い魔」に戻そうとしたが、想子情報体は既に飛び去った後だった。

光宣は不快感を露わにして男を睨んだ。

「お前は……？」

そして、その男に見覚えがあることに気付いた。

「確か、ブルーノ・リッチだったか？」

焦げ茶色の髪と同色の瞳。毛深い、良く言えばワイルドな外見は、三年前に当時ロサンゼルスに置かれていたFAIRの拠点で光宣が会った時と余り変わっていなかった。

「お前はやはり、ミノル・クドーか！」

名前を呼ばれたことでリッチも疑いが確信に変わったのだろう。『パレード』で姿を変えている光宣の正体を言い当てた。

水波が驚いている気配が、背後から光宣に伝わってきた。光宣の『パレード』が見破られるはずはないと思っていたのかもしれない。

「この男はFAIRの視覚系異能者。所謂『魔眼』の持ち主だよ。霊子パターンを見分ける『視力』を持っている。僕の『パレード』も霊子情報体まで偽装する力は無いからね」

その信頼を裏切ったのが心苦しくて、光宣は思わず言い訳を口にしてしまう。

そのセリフは自分の正体を自白するようなものだったが、既にリッチのパートナーを始末してしまった後だ。彼をこのまま帰すつもりは、光宣には無かった。

「ところでリッチ。あの連中はお前たちの差し金だな？」

光宣はそう言って、まだ気絶したままの二人組が乗っている背後の車を指差す。

「クドー！　貴様、よくもルイザを」

リッチがようやく定まった銃口を光宣に向けたまま怒鳴る。ルイザというのは、光宣が焼却した女の名前だと思われる。

仕事の上のパートナーなのか、プライベートでもパートナーだったのか。たとえ仕事の関係だけだったとしてもパートナーがいきなり焼き殺されれば激するのは当然だと言える。

「あの連中はお前たちの差し金だな？」

「…………」

しかし語調を強め質問を繰り返した光宣に、リッチの勢いはたちまち萎んだ。魔法力の強弱とは関係なく、リッチは光宣に呑まれていた。口を閉ざしたのは精一杯の抵抗か。

「沈黙は肯定と受け取らせてもらう。僕たちをどうするつもりだったんだ？」

「…………」

「答えろ」

光宣の声が強く響いた。

大声を出したのではない。魔法を使ったのでもない。

声に「呪力」を込めたのだ。

「……アジトに連れて行くつもりだった」

これは周公瑾の亡霊から学んだ技術。光宣の声に宿った強制力が、リッチの意思に反して自白を引き出す。

「何の為に」

「パラサイトのお前がシスコに来た目的を訊ねる為だ」

リッチは光宣を「デーモン」ではなく「パラサイト」と呼んだ。FAIRはパラサイトのことを正確に知っているのだった。

「訊ねる？　それにしては手荒だったな。訊問する、の間違いじゃないか？」

光宣が呆れ声を漏らす。その感情の揺らぎが呪力の縛りを弛めたのだろう。

「ルイザの仇だ！　死ね、クドー！」

リッチが銃のトリガーを引く。今度の銃弾には「貫通力強化」の魔法が掛かっていた。

だがそれも呆気なく水波の魔法シールドに防ぎ止められ、敢え無く路面に落ちる。水波の魔法技能はパラサイト化したことにより、主に持続性の面で大きく向上していた。今の水波は特に無理をすることなく一時間以上、魔法シールドを維持できる。

シールドが水波の魔法だと気付いたのか。リッチは彼女に向けて銃を持っていない左手を突き出した。完全思考操作タイプのCADを使っているのだろう。何の操作もせずに起動式が展開される。

しかしリッチの魔法は発動しなかった。起動式は読み込まれる前に破壊された。

「――ルイザとかいう女の末路に学ばなかったのか？」

身の毛がよだつ冷たい声が光宣の口から発せられる。

ブルーノ・リッチは今更のように、己の過ちに気がついた。自分が自身の死刑執行命令書にサインしてしまったと覚った。

死刑判決自体は下りていたのかもしれない。だが、執行の日取りは決まっていなかった。もしかしたら数年単位で実行されず、そのまま忘れ去られる可能性だってあった。

しかしそのはかない希望を、彼は自分自身で摘み取ってしまった。

リッチは本能的な恐怖に駆り立てられて光宣に背を向けた。死神の鎌から逃れようとした。

だがブルーノ・リッチが逃走の一歩を踏み出したのと、同時に。

彼の肉体は火花を散らして、瞬く間に燃え落ちた。

光宣はロボットタクシーをキャンセルして、『パレード』で自分の姿をブルーノ・リッチに、水波をそのパートナーの女性に変えた。そして気を失ったまま放置していた二人の男を起こし、その運転でフィッシャーマンズワーフに戻る。

約束どおり二人に自走車を与えて別れ、自分たちの姿を元に戻して、光宣は銃弾で穴の開いたズボンを買い換えた。ついでに水波にも服とアクセサリーをプレゼントする。そうして二人は何事も無かった顔でサンフランシスコ湾クルーズを楽しみ、夕食まで済ませて、現地時間の真夜中、高千穂に戻った。

◇　◇　◇

高千穂に帰宅した光宣は入浴し軽く仮眠を取った後、日本時間二十八日午後七時五十分、巳焼島との通信回線を開いた。

達也は調布、四葉家東京本部ビル最上階の自宅に戻っていたが、東京本部と巳焼島支部の間は専用線でつながれている。それを使って、光宣は達也に通信をつないでもらった。

『光宣、サンフランシスコはどうだった』

『水波ちゃんとデートしてきたのでしょう？』

光宣が前にしている高千穂のモニターに登場したのは達也だけでなく、深雪も一緒に映っていた。それを見た光宣は、水波をカメラの前に呼び寄せる。

水波と深雪の間で一頻りサンフランシスコ観光について質疑応答が交わされた後、FAIRのメンバーと交戦した件について光宣が達也に報告した。

『……その女が使った魔法の種類は分かるか？』

達也の質問に光宣は頭を振る。

「僕の知らない魔法でした。少なくとも四系統八種に属する現代魔法では無いと思います。BS魔法か、もしかしたら妖術かもしれません。いえ、女性でしたから魔女術と言うべきでしょうか」

『妖術師、若しくは魔女か。いったん魔女と仮定するとして、そいつの灰から出現した想子情報体は、確かに使い魔だったのか？』

達也の質問に、光宣は「いえ」と首を横に振る。

「……使い魔と良く似ていましたが、別の何かだと思います」

『何処が似ていると感じた？』

「そうですね。しっかりと見極められたわけではありませんが……」

光宣はそう言って、少し考え込んだ。

「……あの情報体には、魔法式の構築を支援する機能が組み込まれていたような気がします」

彼はそう、推測結果を述べた。

『魔法式の構築支援か……。光宣、その想子情報体は魔女が使役していたものだと思うか？

魔女が使役していたのではなく、魔女に取り憑いていたとは考えられないか？』

「取り憑くって、パラサイトのようにですか？」

達也の思い付きに、光宣が軽く目を見張って反問する。

『宿主が死んで、魔法的な情報体が抜け出す。想子情報体と霊子情報体の違いはあるが、パラサイトの行動パターンに似ていると思ってな』

光宣は即答せず、十秒前後考え込んだ。

「……どうでしょうか。確かにその可能性はありますが、結論を出すには材料が少なすぎるのでは？」

『そうだな。お前の言うとおりだ』

達也が頷き、話を変える。

『光宣、片付けたＦＡＩＲのメンバーが、仲間にお前たちのことを伝えた可能性はあるか？』

「無いとは言えません。彼らが襲ってくるまで、監視されていたことに僕は気付いていませんでした。写真を撮られていた恐れもあると思います」

『「パレード」で姿を変えていたんだ。油断していたとは言えない。だが、パスポートは作り直す必要があるな。明日中に準備を調えておくから明後日の朝、水波と二人で巳焼島に降りてくれないか。俺も朝一番で向かう』

「分かりました。すみません、お手数をお掛けします」

光宣が感謝の印に、お座なりではなく頭を下げる。

水波も彼の隣で、それにならった。

『では……そうだな。朝六時に待っている』

「分かりました。六時に降下します」

光宣は明後日の約束をして通信を終えた。

五月三十日、日曜日。巳焼島、朝六時。

約束どおり達也は仮想衛星エレベーターの魔法陣のすぐ近くで待っていた。

その彼の目の前に、突如空中から湧き出すようにして出現した二つの人影。

「達也さん、おはようございます」

「おはようございます、達也さま」

達也の許へ今度は自力で疑似瞬間移動の魔法を発動させて現れた光宣と水波に達也は挨拶を返し、側に駐めておいたエアカーに乗るよう誘った。

島の北西部に位置する四葉家巳焼島支部には深雪が待っていた。今日は日曜日で大学は休み。もしかしたら昨日ではなく今日光宣たちを招いたのは、深雪が光宣と水波に会いたがっていたからなのかもしれない。

なおリーナは東京に残っている。偶には一人でのんびりしたいと言っていたのだが、本音は多分、カップル二組の中に一人で混ざるのが嫌だったのだろう。

水波が深雪から質問攻めに遭っている横で、達也は光宣にＦＥＨＲから入手したＦＡＩＲの動向について説明した。

「……では、FAIRがシャスタ山でレリックを発掘しようとしていると、達也さんは考えているんですか？」

光宣の問いに、達也が小さく「そうだ」と頷く。

「魔法式保存レリックが魔法師戦闘員にとって高い価値を持つのは、光宣には言うまでもないだろう」

「ええ、理解しています」

今度は光宣が達也の言葉に首肯した。

「FAIRが最終的に何を目的としているにせよ、暴力的な手段を積極的に用いるつもりならレリックの入手を諦めるとは思えない。人造レリックが手に入らなければオリジナルレリックを手に入れようと考えるのが自然だ」

「確かに、そうですね」

光宣はもう一度頷いた後、「しかし」と続けた。

「首尾良くレリックを発見できたとしても、武器として使うつもりなら一個や二個では役に立たないでしょう。やはり複製技術が必要不可欠なのではありませんか？」

光宣が呈した疑問に、

「オリジナルが発掘された乗鞍岳にはレリック精製の秘密も埋まっていた。シャスタ山に同じものがないとは限らないし、俺と同じことのできる人間がＦＡＩＲにはいないと決め付ける理由も無い」

達也は、この様に回答した。

「では、オリジナルも作られたものだったんですか？」

「それは、確実だ」

「つまり……先史時代に魔法的な効果を持つ道具を作り出して、利用していた文明が存在したということですか？」

たったこれだけの情報で、光宣は達也と同じ結論に達した。


この日、光宣と水波は夜八時近くまで巳焼島に滞在した。

「これが新しいパスポートだ。レンタカーを使えるよう、新たに国際ライセンスも用意した。当然だが、パスポートと同じ３Ｄモデルを使っている。詳しいデータはこの中だ」

仮想衛星エレベーターまで二人を送り届けた達也は、そう言ってパスポートと国際運転免許証、それにカード型ストレージを光宣に手渡した。

「分かりました。『パレード』の参考にします」

光宣は襷掛けにしたショルダーポーチに受け取った物をしっかりとしまう。

「では光宣。頼んだぞ」

「お任せください。FAIRの目的は必ず突き止めて見せます」

「期待している。だが無理はするなよ。お前も不死身ではないんだ。自分にもしものことがあれば泣く女性がいることを心に留めて、十分に気を付けろ」

達也の言葉に、光宣が隣を見る。反射的に向けた光宣の眼差しを受け止めて、水波は目を合わせたまま頷いた。

光宣も水波に頷きを返す。

そして達也へと向き直った。

「同じ言葉を達也さんにもお返しします」

「分かっている。俺もまた不死身ではないし、深雪を決して一人にはしない」

達也は真顔でそう応えた。

光宣も、照れて顔を赤らめたりはしなかった。彼だけでなく、深雪にも水波にも羞じらいは見られない。むしろ厳粛な表情で達也の言葉を受け止めていた。

水波がその表情のまま、光宣の横から半歩進み出る。

「達也さま、深雪さま。今日はお世話になりました」

水波はそう言いながら少し表情を緩め、深雪と達也に向かって丁寧にお辞儀した。

「また、何時でも来てね。歓迎するわ」

深雪が心からの笑顔でそれに応える。

「はい、ありがとうございます」

水波がもう一度頭を下げた。

その後すぐ、光宣と水波が仮想衛星エレベーターの中心へ歩いて行く。

立ち止まり達也と深雪に手を振った二人の姿は一瞬で達也たちの前から消え失せ宇宙を翔け上っていた。

[11] レリックをめぐる戦い（3）

達也と深雪が巳焼島で光宣と水波をもてなしていた五月三十日の午前中。休日で社宅にいた遼介の許に『深見快宥』という青年が訪ねてきた。彼はフルネームを名乗った後、「私は第二研の数字落ちです」と遼介に告げた。

「それで、どのようなご用件でしょうか」

他人の耳目がある場所で数字落ちを話題にはできない。遼介が深見と名乗った男にそう訊ねたのは彼の部屋の中だった。

独り暮らしの社宅に応接セットなどという気の利いた物は無い。二人は狭いダイニングテーブルを挟んで向かい合っていた。

「失礼を承知でお訊ねしますが、遠上さんは『十』の数字落ちですよね？」

「そうですが、確かに失礼ですね」

答えた遼介は、敢えて不快感を隠していない。数字落ちは日本の魔法師にとってある種のタブー。魔法師開発の在り方の、非人道性の証拠だ。遼介自身はその様な目に遭ったことは無い。直接に被害を受けたのは彼の父と祖父だ。しかし直接の被害は無くても間接的な悪影響は被っている。そんな話を持ち出されて、愉快でいられるはずはなかった。

「すみません」

深見はすぐに謝罪した。線の細い頼りなげな外見に相応しい気弱な態度だ。あるいは相手の反応が気になりすぎる質なのか。加虐嗜好の持ち主ならば苛めてみたくなるタイプかもしれない。だが遼介は逆に、気の毒に思えてそれ以上強く出られなかった。

「それで？」

ただ深見に対して投げ遣りな態度になってしまうのは、自分でも止められなかった。

「遠上さんは今の生活に満足していますか？」

「何ですって？」

質問の意味が分からず、遼介は思わず訊き返してしまう。

「遠上さんは今、四葉家が作ったメイジアン・カンパニーにお勤めだ。七草家のご令嬢と一緒に」

「……それが何か」

「四葉家と七草家は十師族の中心。我々を出来損ないと切り捨てたやつらの手先でしょう。そんな連中に使われていて満足なんですか？」

遼介は深見を部屋に入れたことに後悔を覚えた。彼は深見の言い分に反論する気も起こらないほど呆れ返っていた。

十師族は数字落ちを追放した側ではない。彼らもまた国防の大義名分の下に魔法師開発研究所で弄ばれた者たち、あるいはその子や孫だ。

彼らは確かに合格した側なのかもしれない。だがそれは、彼らが望んだことだったのだろうか。レナと出会って、遼介はそんなことを考えるようになった。

一般的な人間とは違う、突然変異の遺伝子を持つレナは老いが遅い。もう三十歳になるのに彼女の肉体はミドルティーンの女の子のものだ。若作りとか童顔とか節制で若さを保っているとかではなく、細胞レベルでその若さなのだ。

誰もが羨む不老長寿。多くの人は、そう言うだろう。

だが、本当にそうだろうか？

遼介が知る限り、レナの周りに同じ体質の人間はいない。そういう知人の話を聞いたことも無い。

他人と同じペースで歳を取れない。他人とは生きるスピードが違う。

彼女だけが取り残されていく。

それが羨むべき恩恵とは、遼介には思えない。

翻って十師族はどうか。

確かに彼らは成功例として持て囃された。

権力者には重用されてきた。――いや、重宝されてきた。

道具として。

日本を離れ外側から見る視点を得たことで、遼介はそれに気付くことができた。少なくとも、自分ではそう考えている。

深見の物言いは一面的な物の見方に囚われていた昔の自分を思い出させるようで、遼介には不快だった。

だから彼は深見の問い掛けに、

「余計なお世話だ」

——こう答えた。


取り付く島の無い遼介の答えを聞いて、深見はあっさり帰って行った。

彼が一体何をしに来たのか、本当は何を言いたかったのか、結局遼介には分からなかった。

◇◇◇

糸魚川の博物館から古墳時代の遺物を盗んだ犯人は、進人類戦線という魔法至上主義の過激派と推定されている。そしてどうやらその団体は、人造レリックを狙って巳焼島の恒星炉プラントとＦＬＴのラボに侵入した魔法師犯罪者が所属するＦＡＩＲの同盟者らしい。

五月二十日の時点でこのような結論を得ていた四葉家当主・四葉真夜は、一族内で諜報を担当する分家の黒羽家にさらなる調査を命じていた。

五月三十日、午後九時。巳焼島から調布の四葉家東京本部ビル最上階にある自宅に戻った達也の許へ来客があった。四葉分家・黒羽家の次期当主、黒羽文弥だ。

「夜分遅くにすみません」

「いや、構わない。電話では済ませられない話があるのだろう」

玄関で申し訳なさそうに頭を下げるショートカットのボーイッシュな美女——にしか見えない一つ年下の再従弟を、達也は笑って中に招き入れた。

彼の背中に続く文弥が微かに頰を赤らめているのは、非常識な時間の訪問を恥じているからに違いない。……決して変な意味は無いはずだ。

「文弥君、いらっしゃい」

リビングに案内された文弥に、ダイニングから出てきた深雪が声を掛ける。

「ハイ、フミヤ。今日もカワイイわね」

そして深雪の背後から現れたリーナが、文弥に向かって軽く手を上げる。

「深雪さん、お邪魔します。リーナもいたんだね」

文弥は、深雪に対して丁寧に、リーナにはいつもどおりぞんざいな口調で挨拶を返した。

向かい合って座った達也と文弥の前に深雪がコーヒーカップを置く。砂糖とミルクは無い。

見た目には合っていないが、文弥はコーヒーをブラックで飲む派だ。ただこれは元々の嗜好というより達也の真似をした結果だが。

深雪に続いてリーナが様々な形の一口サイズクッキーを盛ったボウルを二人の間に置く。ジャムを入れた小皿は文弥の前に一つだけ。こちらは見た目の印象どおり、文弥は甘いお菓子が結構好きだったりする。

「今日のお昼に焼いた物よ。どうぞ召し上がれ」

リーナの口上を聞いて文弥が軽く目を見張る。

「へぇ。これ、リーナが焼いたんだ」

彼は「どれどれ」と言いながら、クッキーを一つ摘まんでジャムを付けずに囓った。

「意外だ……。普通に美味しい」

「ちょっと！　褒めてくれたのは嬉しいけど『意外』は余計よ」

「火傷したりしなかった？」

「しないわよ！　フミヤはワタシのことを何だと思っているの⁉」

「何って……。いや、言わないでおくよ」

「どういう意味よ⁉」

「リーナ、行きましょう。達也様と文弥君のお話の邪魔をしてはいけないわ」

エキサイトするリーナを深雪が宥める。

「いえ、お二人にも聞いてもらった方が良いと思います」

しかし文弥は逆に、深雪たちを引き留めた。

「達也さん、よろしいでしょうか？」

そして達也に許可を求める。

「文弥がそう考えるなら俺は構わない」

「達也様がそう仰るなら……」

その答えを聞いて、深雪は達也の隣に腰を下ろした。

「じゃあ、ミユキとワタシの分も用意するわね。ミユキもコーヒー？　何か入れる？」

「ありがとう。ミルクだけお願い」

「オーケー」

リーナは二人分のコーヒーを淹れる為、ダイニングに戻った。

ホームオートメーションではなく自分で飲み物を取りに行ったリーナが帰ってくるまで、達也と文弥は雑談で時間を潰していた。

「あら、待っていてくれたの？」

そう言いながらリーナがカップをローテーブルに置き、文弥の隣に腰を下ろす。意外に近い距離に文弥は一瞬だけ自分とリーナの距離を目で確認して、もっと隙間を空けるべきか少し悩んだ。

しかし結局そのまま動かず、彼は本題に入った。

「進人類戦線とＦＡＩＲの関係は当初僕たちが考えていたような上下関係やカルト思想的なつながりではなく、ビジネスライクなもののようです」

「金銭的なつながりということ？」

「金銭とは限らないけど」

文弥はリーナの問い掛けに半分頷いた。

「武器でも与えられているのか？」

「与えられている、と言いますか、報酬ですね」

達也の質問に文弥は笑顔で頷く。

「進人類戦線はＦＡＩＲの依頼を果たす対価として、チャイニーズマフィア経由で武器を受け取っているようです」

「ＦＡＩＲは日本に武器密輸ルートを持っているの？」

この質問は深雪。

「そのようですね」

文弥は真顔で首を縦に振った。

「周公瑾とは別口の、大漢の残党が作り上げたネットワークと思われます」

「そういえば光宣が、ＦＡＩＲは元々顧傑が組織した団体だと言っていたな」

「九島光宣が？」

文弥は光宣と敵対したことしかない。だからその口調に親しみがないのは当然だった。

「光宣は一時期、当時はロサンゼルスにあったＦＡＩＲのアジトに匿われていたそうだ」

「そういう経緯で得た情報ですか……」

それならば納得、という表情を文弥が浮かべる。魔法技能はともかく純粋な情報収集技術で光宣に後れを取るのは、文弥としては認め難いことだったようだ。

「他に何か分かったか？　例えば、進人類戦線の当面の狙いとか」

達也が話を戻す。

「あ、はい。進人類戦線がＦＡＩＲから新たな仕事を受注したのは確実です。ただその内容はまだ、はっきりとは分かっていません。どうやらオリジナルレリックに関係があるようなのですが」

「オリジナルレリックが発掘された遺跡から盗み出そうとしているのではないだろうか」

達也の推理は、あらかじめ用意してあったかのように淀みの無いものだった。

「この前話したとおり、ＦＡＩＲはカリフォルニア北部のシャスタ山に調査隊を派遣している」

「はい、覚えています。達也さんがお作りになった『マジストア』と同じ機能を持つレリックの発掘が目的ではないかとのお話でしたが……。同じことを日本でも目論んでいるとお考えなのですか？」

「FAIRの目的はおそらく、魔法式保存機能を持つレリックで魔法兵器を開発することだ。それを使って南米辺りに自分たちの支配地域を作ろうと考えているのか、それとも武力を誇示することで利益を引き出そうと企んでいるのかは分からないが」

「達也様。それは結局、魔法師を兵器として用いることになりませんか？」

「そうだな」

深雪の指摘に達也が頷く。

「許せませんね……。達也様がせっかく、魔法師を兵器の境遇から解放する道を拓かれたというのに。そのノウハウを悪用して達也様のお志を台無しにしようなどとは」

深雪が静かな口調で呟く。

「ミユキ、抑えて。冷気が顕現し掛けているわよ」

「あら、ごめんなさい」

三年前、最大の苦境の中で達也は封印されていた真の能力を解放した。それに伴い、封印に使っていた深雪の魔法制御力も彼女の許に戻ってきている。

それ以来、彼女は魔法技能を暴走させることは滅多に無くなったのだが、余りにも強大なその魔法力は今でも彼女の感情の昂ぶりによって意思の制御を離れ正規の手順を飛ばして現実を書き換えようとすることがある。

以前、それを止めるのは達也の役目だったが、今ではリーナもストッパーの役目を果たしていた。――達也との違いは、リーナも暴走を深雪に止めてもらうことがある点か。

「進人類戦線の次の狙いは乗鞍岳のレリックの発掘現場と見て良さそうですね」

「でもそこって、軍が警備しているんじゃないの？」

文弥が話を纏めようとするが、リーナが疑問を呈する。

「中央の研究所から盗み出すより、現実味があるわよ」

「それもそうね」

しかし深雪の反論に、リーナは異議を引っ込めた。

「では、発掘現場に人員を配置しましょう。僕も張り込みます」

「待て、文弥。それは得策ではない」

やる気を見せた文弥を達也が制止する。

「糸魚川の一件は一条家が動いている。四葉家が割り込んだと見られるのは避けるべきだ」

「見付かるような下手は打ちませんが……？」

「そこは信頼している。だが文弥には発掘現場を盗難から守るより、盗み出された場合の犯人追跡と捕獲を頼みたい」

「犯人を僕たちで確保するのですね。使い道があるでしょうか？」

「何時までも後手に回りたくはないからな。ＦＡＩＲについての情報を聞き出して欲しい」

「分かりました。搾り取れるだけ搾り取ってやります」

文弥が悪女の笑みで頷く。

国防軍と一条家が出し抜かれる前提で話が進んでいたが、その点については達也も深雪も、リーナも何も言わなかった。

五月三十一日。珍しく月曜日から大学に来ていた達也は昼休みに偶然、将輝に会った。

達也の側には深雪とリーナ。将輝は吉祥寺以外に、数人の女子学生を引き連れていた。学食ではなく、外に食べに行く途中のようだ。

もしかしたらその中に将輝の意中の相手がいたのかもしれないが、達也は遠慮せずに「一条」と声を掛けた。

「司波」

応えは達也に向けられたものだが、将輝の目は深雪に引き寄せられている。しかしその目は悲しげに曇り、次の瞬間には達也へ向け直された。

「何か用か？」

「糸魚川の件で少し話がしたい」

将輝が眉を顰める。

彼のすぐ側にいた女子学生も「糸魚川」と聞いて軽く目を見張った。将輝が側に置いているだけあって、ある程度事情を知っているようだ。

「皆さん、一条さんは司波さんと大事なお話があるご様子です。行きませんか？」

その女子学生は将輝の取り巻きたちのリーダー格でもあったようで、少し不満の声が上がったただけでその場には将輝と吉祥寺だけが残された。

「すまないな。今のは確か、一条の従妹で一色家の親戚だったか？　後でお前から詫びておいてくれ」

「再従姉妹だ。気にする必要は無い。あの子も十師族と師補十八家の役目は理解している」

達也の余り申し訳なさそうには聞こえない一言に、将輝は顔を顰めながら応える。

「そうか。では来てくれ」

「一条さん、お手数ですがご足労をお願いします」

「喜んで」

達也には顰め面を見せていた将輝だが深雪に声を掛けられた途端、爽やかな笑顔へと見事に一変した。

将輝の隣では吉祥寺が額を押さえて無言のため息を漏らしている。

達也、深雪、将輝の順に歩き出す。

その後ろに続くリーナから「アナタも苦労するわね」という視線を向けられて、吉祥寺は共感を込めて頷いた。

達也が将輝を連れて行ったのは学食だった。ここには当然、他の学生もいる。

だが達也がランチのトレーを空いているテーブルに置くと、周りに座っていた学生たちが自主的に席を離れ始めた。既に食事を終えている者はトレーを持って返却口に、まだ食べている最中だった学生もテーブル一つ分以上の距離を取って座り直す。

無論、達也が強制したわけでも将輝が強制したわけでもない。きっと、彼らの意識の中で警報が鳴ったのだ。「知らなくても良いことを聞いてしまったら巻き込まれる」と考えたのに違いない。

深雪とリーナが飲み物を取りに行く。将輝と吉祥寺は恐縮していたが、優先順位を間違える二人ではない。彼らは並んで、達也の向かい側に座った。

達也が遮音結界を張る。起動式の展開が見えなかったが、それ以上に将輝たちは結界の強度に驚いた。

「司波……。お前、いつの間にこんな魔法力を……？」

将輝たちが知っている達也は魔法発動のスピードこそ他の追随を許さぬものの、特定の種類の魔法を除けば威力は大したことがなかったはずだった。――その特定の魔法の威力が余りにも大きくて、そのことに気付いている魔法関係者は少なかったのだが。

しかし今、達也が使った遮音フィールドの魔法は、将輝が同じ魔法を使った場合と比べてもそれほど劣らぬ強度を発揮している。

威力の不足は達也攻略の数少ない糸口だった。その短所を克服していると見せつけられて、将輝は警戒を覚えずにはいられない。そして吉祥寺は将輝以上のショックを受けていた。

「その内、論文で発表するつもりだ。無論、全てを曝け出すつもりはないが」

普通に訓練したのではない秘密のノウハウがあると達也がほのめかす。言うまでも無く他人の魔法スキルを詮索するのは魔法師のマナー違反だ。将輝も吉祥寺も、今はそれで満足するしかなかった。

もっとも、この場で説明されても将輝には理解できなかっただろう。吉祥寺でさえ、耳で聞いただけでは理解できたかどうか。達也は事象干渉力の正体が霊子波であることを突き止めた。このことは既に魔法学界で発表済みだ。

今までの常識では、魔法式と事象干渉力は不可分のもので、どちらか一方だけを取り出すことはできなかった。事象干渉力のみを作用させる『領域干渉』も、「事象を改変しない」と定義された魔法式と一緒でなければ干渉力を放てなかった。

しかし達也は事象干渉力の研究を進める内に、干渉力だけを自分の中から取り出して鍛える方法を発見していた。それだけでなく、事象干渉力を魔法式から切り離して、別々に作用させる技術まで編み出していたのだった。

いったん発動した魔法に事象干渉力を追加する。これによって彼は人工的に後付けされた仮想魔法演算領域の、威力不足という欠点をある程度克服することに成功したのだった。これにより達也は、超一流の魔法師が使う魔法には及ばないが、実戦レベルの魔法を自由に使えるようになったのである。

「それより本題に入ろう」

「あっ、ああ」

将輝はまだ驚きから脱しきれない声で、それでも何とか頷いた。

そこに深雪とリーナが戻ってくる。

達也と将輝、吉祥寺がそれぞれお茶の御礼を言って、話が再開された。

「あの事件はレリック絡みだった」

達也のこの言葉に、将輝が頷く。

「その関係で俺のところにも情報が入ってきている。窃盗犯の次の狙いは、おそらくオリジナルのレリックが発掘された現場だ」

「……そこからオリジナルを盗掘しようとすると？」

将輝の質問に達也は「そうだ」と頷く。

「司波、オリジナルの発掘場所が何処か知らないか？」

将輝がそう訊ねたのは、父親から一条家当主として一条家の魔法師である彼に命じられた任務を考えれば当然だった。

「乗鞍岳の山麓、とだけしか言えない。それ以上は国防軍とＦＬＴの間で結ばれた守秘義務に抵触する」

オリジナルレリックの発掘現場を国防軍が秘匿しているのは本当だが、ＦＬＴには伝えられていない。その情報は達也が自分の人脈を使い取引で手に入れたもの。

だから守秘義務というのも嘘なのだが、逆に達也が情報の出所だと国防軍にばれるのもまずいのである。達也にとって将輝は、そこまで無条件に信頼できる相手ではない。

「そうか……」

将輝は達也の不親切な回答に不満を漂わせている。

「それだけ分かれば十分です。将輝、後は僕たちで調べよう」

そんな将輝を吉祥寺が宥め、叱咤した。

その後は昼食を摂りながらの、魔法大学の学生らしい雑談の時間になる。

深雪とゆっくり話す機会を中々持てない将輝にとっては、たとえ達也が同席していても、滅多に無い程に楽しいランチタイムだった。

◇◇◇

翌日、将輝は大学を休んで地元に戻った。

いったん実家に寄った後、国防軍舞鶴基地へ向かう。

実家からだと小松基地の方が近いのだが、舞鶴基地には日本海側で最大規模の魔法師海兵部隊が置かれている。

将輝が得意とする魔法は海戦で真価を発揮する。魔法の特性から見れば彼は海軍向きだ。その関係で将輝は、空軍の小松基地より舞鶴基地でより強い好意と共感を獲得していた。

そうした感情面だけの問題ではない。将輝は日本で二人目の国家公認戦略級魔法師。もし新ソ連や大亜連合が海上から日本に攻めてくるようなことがあれば――そしてそれは決して取り越し苦労ではない――将輝の協力は不可欠だ。将輝に頼まれれば、多少の無理には目を瞑らざるを得ないのが舞鶴基地司令官の立場だった。

「――魔法式保存の聖遺物が発掘された場所ですか？」

「はい、司令官殿。国防軍が秘匿しているオリジナルレリックの発掘現場を教えていただきたいのです」

「一条さん。何故それが必要なのか、一応聞かせてください」

司令官はすぐに理由を問い返した。そこに答えを渋っている気配は無い。本人が「一応」と言ったように、取り敢えず確かめておくという感じだった。

「魔法師の犯罪組織がレリックを手に入れたがっているからです。警備が極めて厳重な東京の兵器研究所より、発掘現場を狙うと考えています」

「なる程、あちらの方が警備は手薄でしょうからな」

司令官が大きく頷く。その侮りを含む口調からは、陸軍に対する対抗心が垣間見えた。

「少しお待ちください」

司令官は傍らの受話器を取り上げて顔に当て、陸軍が秘密裏に警備しているレリックの発掘現場を至急調べるように命じた。

雑談しながら待つことおよそ十五分。副官が紙のメモを持ってくる。

司令官は表情を変えずにメモを一読した後、「どうぞ」と言いながら将輝に差し出した。

「……よろしいのですか？」

そこに何が書いてあるのか分からない程、将輝は鈍くない。レリックの正確な発掘場所は軍の秘密になっているはずだ。

それを口頭ならともかく、形に残るメモでもらっても良いのかと、将輝は躊躇いを覚えたのだった。

「陸軍の、単なる訓練キャンプの住所ですよ」

なる程、そういうことになっているのか。――将輝はそう思った。

「そうですか。ではありがたく」

「いえ、国家公認戦略級魔法師が訓練中の将兵の激励に赴いてくださるというのです。協力は当然ですよ」

司令官の側では、そういう建前になっているらしかった。

その日の夜、将輝は一条家の手勢と共に飛騨高山へ向かった。目立たぬよう少人数に分かれて、観光旅行を装っての移動だ。東京に残っていた吉祥寺も将輝たちに遅れて高山に到着した。

「――それで、今夜はどうするの？」

合流したは良いものの、吉祥寺は今後の段取りを聞いていない。彼は将輝に会うなり一番にそう訊ねた。

「二人派遣して発掘現場を見張らせている。何かあればすぐ連絡があるはずだ」

「二人……。少ないような気もするけど、僕たちの陣容を考えると仕方が無いか」

将輝の答えに吉祥寺は短時間首を傾げた後、やむを得ないと自分を納得させた。

「交替のローテーションを考えなければならないからな。いざ本番という時に寝不足で使えないなどという洒落にならない事態は避けたい」

「長丁場になるかもしれないしね」

将輝と吉祥寺は最長で二週間、ここに張り込むつもりでいた。それで賊が来なければ監視だけ残して引き上げる予定だ。

だが幸い、そんなに待つ必要は無かった。


将輝たちが飛騨高山で張り込みを始めて二日目の夜、事件は起きた。

「――分かった、すぐそっちに向かう」

将輝がユニフォン（携帯情報端末の音声通信ユニット）のスイッチを切る。なおユニフォンは耳に付けたままだ。

「監視員から？」

「そうだ。侵入しようとした賊を警備隊が撃退したらしい。国防軍もむざむざ盗みに入られるような案山子ではなかったと見える」

「そうなんだ。でも、まだ安心はできないよね？」

「ああ。発見された賊が陽動ではなかったとも限らない。ジョージ、俺たちもすぐ現場に向かうぞ」

「もちろんだよ、将輝」

——という会話があったのは十分前。レリック発掘現場に着いた将輝たちは、派手ではないが激しいゲリラ戦が勃発しているのを目撃した。

「最初に撃退した連中は、やはり囮だったみたいだね！」

「警備隊と話を付けてくる。合図するまで待機！」

「あっ、僕も行くよ」

将輝が部下を残し、吉祥寺だけを伴って守備隊の許に走り寄る。

幸い警備隊の責任者は将輝のことを知っていた。国家公認戦略級魔法師の肩書きはそれだけのネームバリューをもたらしてくれる。御蔭で警備隊の援護をしたいという将輝の申し出は快く受け容れられた。

一条家の部隊は総勢三十人。一個小隊相当の集団が将輝の合図により三人一組の小グループに分かれる。

既に述べたように、敵はゲリラ戦を仕掛けてきている。相手の目的はオリジナルレリックの盗取。なにも軍が保管しているレリックを強奪する必要は無い。ここには発掘途中の穴が幾つもあり、レリックが出土しかけている場所も、実は一つや二つではない。国防軍の研究者よりも優れた探知能力を持つ知覚系能力者が賊の仲間にいたら、未発見のレリックを持ち去られてしまう恐れがあった。

その可能性を無視できない為、この一帯に侵入した賊は全員追い払う必要がある。捕縛よりも撃退を優先しなければならない状況だった。

賊の総人数はそれほど多くない感じだが向こうも五人前後のグループに分かれていて、しかもこちらが近付くとすぐに逃げ出す為に全体数が分からない。

今も一足違いで賊に逃げられた将輝の許へ、国防軍から無線で報せがあった。いや、それは将輝だけを指定した通信ではなく警備隊各班の責任者に対するものだった。

「将輝、北側で賊が地面を掘っているようだ！」

代わりに無線機を預かっていた吉祥寺が大声で将輝に内容を伝える。

「北？　そんな奥まで侵入されているのか？　一体何処から!?」

進人類戦線——将輝はまだ、その名を知らない——の中にはこの地方を地盤にしていた古式魔法師の秘密集団から追放された者がいる。その集団には発掘現場の背後に通じている隠し通路が伝えられていたのだが、国防軍はその存在を把握していなかった。

無論将輝も、そんな通路のことは知らない。だが彼は直感的に「そっちが本命か」と覚った。

「ジョージ、他の者にも北側の現場に向かうよう伝えてくれ！」

将輝は吉祥寺に伝言を依頼して、自分は全力で発掘現場北側のエリアに向かった。

まだ実際の発掘作業が始まっていなかった北側の緩い斜面には、魔法で掘られたものと思われる直径十メートル前後の大きな穴が空いていた。古人に対する礼儀や考古学的な価値など頭から無視した乱暴な破壊行為だ。犯罪者らしい遣り口だと言える。

その穴の手前には四人の人間が倒れていた。いや、四つの死体が横たわっていたと言うべきかもしれない。身に着けている物は二人が軍服、二人は暗色のツナギだ。後者は穴を掘ることを前提にした服装だろうか。ツナギを着ている内の片方は若い女性の死体だった。

穴の中にも周りにも死体以外の人影は無い。しかし辺りは完全な暗闇。そろそろ梅雨が近いのか、今夜はどんより曇っていて星明かりも無い。もしかしたら見えないだけで、まだ遠くには行っていないかもしれない。

将輝は携帯ライトの光度を最大に上げ、さらに放出系・光波増幅拡散魔法を発動した。照明弾を撃ち込んだような光が将輝の前面を照らす。

七、八十メートル先に、闇に隠れていた別の穴が見付かった。手前の物よりも随分小さい。人が二人、並んで入れる程度だろうか。中はよく見えないが、真っ直ぐ掘り下がっているのではなく斜面になっているように見えた。

光波増幅拡散の魔法が切れる。将輝は新たな魔法を発動し、向こう側の穴まで一気に跳んだ。

「これは……洞窟の入り口か？」

将輝は穴の手前で足を止めて思案に沈んだ。彼は「視る」のが余り得意ではないが、そんな将輝にも分かる程くっきりと、穴の中には人が通った想子の痕跡が残っている。多分、逃げるのを優先して隠蔽が不十分だったのだろう。入り口が塞がれていなかったことといい、国防軍は結構良いところまで賊を追い詰めていたのかもしれない。

賊を捕らえる為には、多分この洞窟が一番の近道だ。しかし中がどうなっているのか、全く分からない。罠が仕掛けてあろうと切り抜けるだけの自信はあるが、一人で突っ込むのはやはり軽率ではないか。将輝はその点を悩んでいた。

だが彼の孤独な思考は、余り長くは続かなかった。悩んでいる時間が長くなれば長くなる程、賊の捕捉は難しくなる。この状況で一番確実なのはこのことだ。——それが将輝の出した結論だった。

彼は地下へ続く斜面に足を踏み出し、滑り降りるように洞窟へ向かった。

そこは洞窟と言うよりトンネルだった。

壁と天井は明らかに人の手が加わった痕跡を残しており、高さも幅も将輝が立って歩くのに全く不自由を感じない。「床」も平らに均されている。最初は慎重に足を勧めていた将輝だったが、五十歩を進んだ辺りから疾走に切り替わっていた。

トンネルはかなり長かった。変化のない閉塞空間が、実際以上に時間の経過を感じさせる。

二キロ程——体感ではその三倍——走ったところで、将輝はようやく前方に人の気配を捉えた。

あいにく将輝は、物理的な光無しで行動するのになれていない。やってやれないことはないだろうが、戦闘でいつものパフォーマンスを発揮するのは無理だ。

「十師族一条家の一条将輝だ！」

彼は開き直って携帯ライトを消さずに、トンネルの先へ大声で呼び掛けた。

「疚しいところがなければ止まれ！」

応えは石礫の嵐で返ってきた。

将輝はあらかじめ準備しておいた魔法シールドでそれを防ぎ、細く枝分かれする電撃の網を放った。

いきなり殺してしまうわけにはいかないから、出力は麻痺レベルに抑えてある。心臓疾患の持ち主がいれば致命打にもなり得るが、そこまで考えている余裕は無かった。

それに、結果的には余計な心配だったと言える。

将輝が放った電撃は魔法シールドで防ぎ止められた。威力を抑えていたとはいえ、こうも完全にシャットアウトされたのは彼にとって予想外の展開だった。

放電に伴う光でトンネルの地形は確認できている。将輝は自分に移動系魔法を掛けて、一気に間合いを詰めた。

迎え撃つのは二人の女。その向こうに、逃走する二人の男。女を残して男が逃げている状況に、伝統的な価値観を持つ将輝が嫌悪感を覚える。

魔法師であれば得意魔法に応じた役割分担が合理的で、「男だから」「女だから」というのは男性ばかりか女性に対しても、かえって失礼になると将輝も理屈では理解している。

だがこれは感情、いや、感受性の問題だ。理屈どおりにはいかない。

将輝が明らかに攻撃を躊躇したのはその所為だったに違いない。もしかしたら賊はそこまで考えて女性の二人組を足止めに使ったのかもしれなかった。女性や子供を使って相手を油断させるのは、テロリストや犯罪組織の常套手段だ。

しかし先制攻撃を受けて、将輝もさすがに目を覚ました。すかさず反撃を繰り出す。

実力の差は歴然だった。それでも足止めの女性魔法師二人組を無力化するのに多少時間が掛かってしまったのは、殺すのを避けた為か。相手が女だから、ではなかったはずだ。

トンネルの床で呻く女たちをそのまま置き去りにして、将輝は逃げた二人を追い掛けようとする。だが彼は、前方から聞こえてきた轟音に足を止めた。咄嗟に魔法シールドを張って崩落に備える。だがトンネルが崩れることはなかった。

(出口を塞がれた……?)

念の為、前方にアクティブソナーを放つ。トンネルは緩やかに登っている点を除けば、ほぼ真っ直ぐだ。反射音で前方の障碍物を判別するのは、大して難しくはなかった。

(やはり、か)

将輝はトンネルを引き返すことにした。賊の女二人は魔法で浮かせて連れて行く。

盗まれたレリックは奪い返せていない。いや、そもそも盗まれたかどうかの確認もできていない。

だが犯人一味を生きたまま確保できたのは一定の成果だ。手ぶらでないだけ良しとしよう。

——将輝は自分を、そう慰めた。

進人類戦線はほとんどのメンバーを今回のミッションに投入していた。ただ、全滅を避ける為にリーダーは参加していない。そしてサブリーダーは全員の退却を支援する目的で発掘現場には侵入しなかった。

サブリーダーと彼の小グループが逃走に成功したのは、皮肉だがその配置の御蔭だ。他のメンバーはサブリーダーグループと合流する前に全員が捕らえられた。せっかく盗掘に成功したレリックも、途中で何者かによって奪い返され——あるいは、奪い取られてしまった。

仲間の女性を犠牲にして将輝の追跡を逃れた進人類戦線の二人組は、侵入に使ったトンネルの出口を魔法による落盤で潰してホッと安堵の息を吐いた。

レリックは片方の懐にある。後はアジトまで逃げるだけだ。——この場に登場人物の心の声を聞き取れる観客がいれば、「それはフラグだ」と指摘したかもしれない。

二人が合流地点に向かおうと、止めていた足を動かし逃走を再開しようとした、その直後。

彼らに「闇」が纏わり付いた。

今日は元々月明かりも星明かりもない曇天の夜空。人里離れた山裾には民家もほとんど無い。だが最寄りの町から微かに届いていた灯りですらも見えないというのは徒事ではなかった。

異変はそれに留まらない。彼らが携行しているハンディライトの光までもが闇に呑まれて、足下の地面を照らすこともしていない。

「幻術か……？」

片方の男が問い掛けとも独り言ともつかぬ疑問を口にした。この男は元警察官だ。勤務中、逃走する犯人を捕まえる為に行使した魔法で容疑者に大怪我をさせたことを弁護士出身の国会議員から「人権侵害だ」「過剰な武力行使だ」と責められ、それに同調したマスコミが大騒ぎした所為で辞表を提出せざるを得なくなった経歴を持つ。

「いや、これは幻術ではない。意識に働き掛ける術の気配は無い」

もう片方の男がそれに答える。彼は元秘密教団所属の古式魔法師だ。土砂災害に遭遇し、人助けの為に秘術を使ったことを「門外不出の禁を破った」と咎められ教団を破門になった過去の持ち主。逃走に使ったトンネルは、教団に所属していた頃に知った物だった。

「だがこれは断じて自然現象ではない！」

元警官が強く言い切り、

「ああ、魔法だ。だが一体、何をどうすればこんな現象が起こる……？」

元教団員が首を捻る。そんな彼に対して、元警官が何か言おうと口を開いた。おそらく自分なりの推理を述べようとしたのだろう。

「――ぐあっ！」

だが開いた口から漏れたのはくぐもった悲鳴だった。

元警官が鳩尾を両手で押さえ両膝を突く。そのまま身体を支えきれず、前のめりに地面へ崩れ落ちた。

「おい、どうした!?」

その傍らに元教団員が慌てて片膝を突き、元警官の肩を揺する。

しかし。

「ゴッ……！」

元教団員は見えない手でこめかみを殴られたように頭を揺らして自分から横向きに倒れた。

彼は仲間の意識を確認しようとしたのだが果たせず、自分自身が意識を失った。

彼らに纏わり付いていた「闇」が退く。

二人が落としたハンディライトは、そのまま地面に光の帯を描いている。

何処からか現れた、夜の闇に自然に紛れる紺一色のレーシングスーツを着た中性的な人影が、倒れたままピクリとも動かない男たちへと歩み寄った。男性にしては小柄、女性にしては大柄。腰は細く、胸は平ら。そのシルエットは華奢な男性とも胸の無い女性とも見える。

その人物は身を屈め、二人の懐を順番に探った。元教団員のポケットから手で握り込める程度の「玉」を取り出して、その者は独り、満足げな笑みを浮かべる。

「——文弥」

身体を伸ばした青年に、新たに登場した若い美女が声を掛けた。高所から見下ろす大都会の夜景が似合いそうな、お洒落な格好をしている。

「姉さん」

青年——黒羽文弥は彼女にそう応えた。

「あった？」

文弥の姉、黒羽亜夜子が最低限の言葉で訊ねる。

「あったよ」

文弥も同じような省略話法で答え、左手を開いて「玉」を見せる。なお彼の右手にはナックルダスターの形をした専用CADが握られたままになっている。

進人類戦線の二人組を昏倒させたのは系統外魔法『ダイレクト・ペイン』。精神に直接痛みを与える精神干渉系魔法で、文弥固有の術式と言っても過言でない程に使いこなせる者が希少な魔法だ。

ナックルダスター形態のＣＡＤはこの『ダイレクト・ペイン』を撃つ為の専用デバイス。それをはめたまま——利き手を塞いだままでいられるのは他の魔法を完全思考操作型ＣＡＤで発動するからで、この新しいスタンダードになった思考操作デバイスの恩恵はこういうところにも表れていた。

「盗まれたのはこれ一個？」

自分の手の中をのぞき込んで頷いている亜夜子に、文弥が確認口調で訊ねる。

「ええ。見張らせていた者からは、そう報告を受けているわ」

四葉家分家の中で、黒羽家は諜報を専門にする家。配下の魔法師も、それに適した特技の持ち主が揃っている。

例えば遠隔視。距離を超え障碍物を超えて、明暗に拘わらず「場所」の「光景」を見る力。亜夜子はこの異能を持つ部下三人に発掘現場を見張らせて、盗掘されたレリックの有無を把握していた。

黒服を着た四人の男が夜の闇の中から出てきて、文弥が倒した男たちを縛り上げる。それを見ていた文弥が亜夜子に向き直って「まだ捕まえていない賊はいる？」と訊ねた。

「発掘現場から逃げ出した連中は全部抑えたわよ」

文弥の問い掛けに、亜夜子は例外を匂わせる答えを返す。

「ということは、後方支援のメンバーが残っているんだね」

「ええ。逃走支援と表現するべきかもしれないけど」

亜夜子が「よくできました」という顔で文弥に頷き、

「居場所は分かっているわ。行きましょう」

双子の弟に手を差し伸べる。

文弥がその手を取った次の瞬間、双子の姉弟の姿は幻のようにその場からかき消えていた。

後方支援要員を発見した黒羽家の魔法師は、手を出さずに文弥と亜夜子の到着を待っていた。
その小グループを率いているのが進人類戦線のサブリーダーだということを彼ら三人は知らない。だが気配として漂い出ている魔法力の強さから、自分たちだけで仕掛けるのは得策ではないと判断していたのだった。
結果的に、それは当たりだったのかもしれないし、外れだったのかもしれない。逃げられたという意味では外れだった。だが犠牲を出さなかったという点では当たりだったと言えるだろう。
巳焼島と高千穂をつなぐ仮想衛星エレベーターに使われている『疑似瞬間移動』は、亜夜子の得意魔法だ。個人レベルで発動するこの魔法の遣い手としては、亜夜子は世界トップクラスかもしれない。少なくとも、疑似瞬間移動に関して言えば亜夜子は深雪やリーナをも凌駕している。

その魔法で亜夜子と文弥は進人類戦線の後方支援、いや、逃走支援要員が潜んでいた山道に出現した。

「――っ！」

疑似瞬間移動は移動の際、空気の繭を形成してその中に入る。自分が移動する場合は自分の周りに、自分以外の者（物）を飛ばす場合はその周りの空気を球状または楕円球状に固定する。この「空気の繭」は到着と同時に解除されるのだが、亜夜子はそれを咄嗟に作り直した。

到着したその場所が有毒ガスに覆われていたからだ。

「亜夜子様」「文弥様」

状況が分からない二人の許へ、同じように魔法で身を守っている黒服を着た部下が音も無く駆け寄ってきた。

「申し訳ございません。逃げられました」

その黒服グループのリーダーが無念を滲ませて報告する。

「この煙幕の所為？」

問い返す文弥の声に怒りは無かった。またこの場に充満する有毒ガスは無色透明ではなく、それとはほとんど正反対の濃密な黒で、ガスの成分で敵にダメージを与えるより視界を遮り警戒させて追跡を阻（はば）む物に思われた。

「はい、文弥（ふみや）様。大型のワゴン車でこの場所に潜んでいた賊は約三分前、煙幕効果を持つガスを発生させこれに紛れて逃走しました。魔法で生成されたガスは致死性こそありませんが、かなり強力な幻覚作用を持っています。お気を付けください」

「三分前か……」

文弥（ふみや）がレリックを持っていた賊を仕留めた時間に、大体一致する。仲間の状態を何らかの手段でモニターしていたのだろうか。

「この煙幕を生み出したのは第二研で開発された魔法であると思われます」

考え込んだ文弥（ふみや）に、黒服が報告を追加する。

第二研の研究テーマは無機物に干渉する魔法の開発。特に吸収系魔法の開発・強化に力点が置かれていた。有毒ガスの生成と無力化は「二」の魔法師の得意分野だ。

「進人類戦線（しんじんるいせんせん）に第二研の数字落ち（エクストラ）が所属しているということか？」

「おそらくは」

文弥（ふみや）の反問に黒服が同意を示す。

「少し厄介なことになるかもしれないな……」

「そうね」

文弥の呟きに亜夜子が相槌を打ち、黒服は今回、無言で頭を下げた。

〔12〕進人類戦線

進人類戦線。「新人類」ではなく「進人類」の文字を当てているのは、「魔法師は単に新世代の人類なのではなく進化した人類である」という強烈な自意識を反映したものだ。

この組織は最初、「人間主義」をはじめとする反魔法主義運動、魔法師迫害に対するアンチテーゼとしてスタートした。切っ掛けになったのはＵＳＮＡ旧カナダ領で結成されたＦＥＨＲ。「進人類」もＦＥＨＲの名称の元になったフレーズ『人類の進化を守る為に戦う者たち』からもらったものだ。進人類戦線の出発点はＦＥＨＲをリスペクトした組織だった。

だが次第に進人類戦線のメンバーには、暴力による現人類に対する反撃を否定したＦＥＨＲの姿勢が中途半端なものに映り始める。「政治と法が魔法師迫害を止めてくれないならば、ある程度の違法行為は必要悪」と決意し実行に移した最初の本格的な示威行為の結果、初代リーダーが逮捕され進人類戦線は地下に潜ることを余儀なくされる。

ここから進人類戦線の非合法組織化が始まりＦＡＩＲと手を結ぶに至るのだが、そもそもただでさえ当局の監視が厳しい魔法師が、反魔法主義を掲げているとはいえ一般人に対する闘争を目的とする組織を何の後ろ盾も無く立ち上げられるものだろうか。リーダーが犯罪者として逮捕された後、スポンサーも無しに地下に潜って組織を維持できるものだろうか。

答えは、否。進人類戦線の背後には、一握りの人間しかその名を知らない黒幕がついていた。

より正確を期すならば、進人類戦線を支援している人物の背後には大物政治家も逆らえない「影の権力者」が控えているのだった。

六月三日、木曜日の夜。

自宅に戻っていた達也は、文弥と亜夜子の訪問を受けた。二人が昨夜、オリジナルレリックを狙っていた進人類戦線のメンバーを二十人以上捕らえたことは達也も報せられている。その件に関する報告があるのだろうと予測して、達也は二人をリビングに迎え入れた。

文弥を自分の正面に、亜夜子をその隣に座らせ、二人を玄関から案内してきた深雪は自分の隣に座るよう指示する。リーナは既に、同じ階にある自分の部屋に戻っていた。

「捕らえた進人類戦線メンバーの訊問が一段落しました」

「それで、少し困ったことが分かりまして」

文弥と亜夜子が一続きにそう述べる。

「困ったこと？」

こう問い返したのは深雪だ。

「まず分かっていることからお話ししますね」

亜夜子が「困っている」という言葉どおりの表情で、答えではない応えを返した。

達也が視線で続きを促す。

その視線に、文弥がやはり目で頷いて口を開いた。

「進人類戦線のリーダーの名は『呉内杏』。二十六歳の女性です。彼女は昨晩の襲撃に参加していませんでした。サブリーダーは『深見快宥』。二十五歳男性で、祖父が第二研の数字落ちです」

数字落ちと聞いて達也が顔を顰め、深雪が眉を顰める。ただ、深見が遼介の部屋に押し掛けた話は二人とも聞いていない。もし遼介が達也に報告していたら、この後の展開は変わっていただろうと思われる。

「サブリーダーの方は昨夜の襲撃に後方支援で参加していましたが、取り逃がしてしまいました。行方は現在捜索中です」

「その口振りだとリーダーの所在は分かっているのか？」

「ええ、分かっています」

達也の質問に、亜夜子が文弥からバトンを受け継ぐ。

「その潜伏先が問題なのです」

「手を出し難い相手なのか？　まさか十師族に匿われているわけではあるまい」

「もしかしたらそちらの方が簡単だったかもしれません」

亜夜子は聞こえるか聞こえないかの小さなため息を吐いた。

「呉内杏は十六夜調の屋敷に匿われています」

「……その男は確か、百家・十六夜家当主の弟だったな」

達也の言葉に文弥と亜夜子がシンクロして頷く。

「十六夜家と言えば百家最強とも謳われる古式魔法の名門……。何故その様な一族の、しかも当主の弟ともあろう方が犯罪組織をかばうような真似を……？」

深雪が「理解に苦しむ」という声を漏らす。

「しかも進人類戦線のサブリーダーは数字落ちなのでしょう？　数字落ちが幹部を務める組織を十六夜本家の人が支援するなんて普通では考えられないわ」

十六夜家は作り出された魔法師に対する嫌悪感が強いことで有名だ。遺伝子操作や生化学的な措置で魔法技能を強化することに公然と反対している。十師族に対してはさすがに遠慮が見られる。だが、数字落ちには蔑視を隠そうとしない。十六夜家は、数字落ちに対する差別がタブー視されている現代の日本魔法界において、この面では異端だった。

それでも十六夜家が魔法師社会から排斥されないのは、百家最強とも言われる実力があるからだ。特に、現代魔法に押されがちな古式魔法師からは旗頭として担ぎ上げられることも多い。また、そういう自分たちを頼りにしてくる魔法師に対しては、面倒見が良いことでも知られていた。

「亜夜子さん、何か特別な背景があるのではなくて？」

「ええ。そのとおりですわ、深雪さん。とんでもない背後関係がありました」

亜夜子が一呼吸置いたのはドラマチックな演出を狙ったのではなく、自分の呼吸を落ち着かせる為だった。

「十六夜調に呉内杏の保護を命じているのは、元老院四大老のお一人です」

深雪が両手で口を押さえる。

達也でさえも目を大きく見開いていた。

亜夜子が今、口にした『元老院』は明治初期、帝国議会開設前に存在した立法機関のことではない。無論その後継機関ではないし、憲法外機関だった『元老』とも無関係だ。またの名を『玄老院』。

それは、日本を陰で支配する権力者の一団。いや、日本の陰を支配する、と表現する方が正確か。元老院の目的はこの国の「表」の秩序が「裏」の力――怪異や妖魔、道を外れた魔法師や異能者の力で乱されないよう、そうした存在、そうした者たちを退治し、封印し、排除すること。

その為に元老院は様々な「力ある者」を支配下に置いている。四葉家も、その一つ。

四大老はその元老院で最も発言力が強い四家の当主のことだ。元老院の人数は決まっておらず十人から十五人の間を変動しているが、四大老の四家は元老院成立当初から固定されている。

四葉家のスポンサーである東道青波は、その四大老の一人だった。

達也と深雪は一高卒業の直後、葉山から元老院と四大老について教えられた。文弥と亜夜子も四高卒業後に本家に呼ばれて葉山の教えを受けた。守秘義務遵守の厳重な誓約と共に。

「……確かにそれは厄介だな。その方のお名前は分かっているのか？」

「はい。樫和主鷹様です」

「…………」

達也は無言で考えに沈んだ。

「……呉内杏については、捕縛を断念しますか？」

重くなった空気の中、亜夜子が恐る恐る達也に訊ねる。

「四大老といえど全知無謬ではないし元老院といえど一枚岩ではないはずだ。まずは東道閣下に相談してみよう」

既に考えが纏まっていたのか、亜夜子の問い掛けに達也は淀みなく答えた。

「達也様」

深雪が達也の横からそっと話し掛ける。

「東道閣下の御力を借りるのであればリーナに、間に立ってもらっては如何でしょうか」

リーナの公式な氏名は『東道理奈』。彼女は今年の初め、日本に帰化した。その際に東道青波の養子になっている。

「リーナが閣下に会いに行く形で私が同行します。達也様が直接動かれるよりは疑いの目を招かぬと存じますが」

「そうだな……」

三年前の夏以来、達也は日本のみならず世界各国軍事関係者の注目、いや、警戒の的だ。彼の一挙一動は常に監視されている。

「では深雪に頼もう」

「かしこまりました。まずリーナを呼びますね」

既にリーナは自分の部屋に戻っているが、時刻はまだ夜の九時前だ。大学の勉強をしているか、テレビでも見ているに違いない。彼女のマイブームはUSA時代の青春ドラマだ。

深雪が内線動画電話でリーナを呼び出す。

居間の壁面ディスプレイに映し出されたリーナは右手に電子ペンを持っていた。

「勉強中だったの？　邪魔してごめんなさいね」

『大丈夫よ。飽きてきたところだから』

正直すぎる物言いに、傍で聞いていた亜夜子がクスリと笑う。

その姿はカメラに捉えられていたはずだが、リーナは気にした素振りを見せなかった。

「だったらこちらに来てくれないかしら」

深雪のリクエストに、リーナが表情を改める。

『大事な話？』

「ええ」

『オーケー。すぐ行くわ』

その言葉どおり、リーナはすぐにやって来た。

リーナが達也の隣、ではなく深雪の隣に座る。

「それで、大事な話って？」

彼女の前には自分で用意した――正確に言えばホームオートメーションに注文したカフェオレのカップ。それに口を付ける前にリーナは深雪に用件を訊ねた。

「実は東道閣下にご相談したいことがあって……」

そう前置きして深雪がリーナに、彼女が来る前に遣り取りされた内容を掻い摘まんで話す。

話を聞き終えたリーナは考える素振りも見せずに「良いわよ」と答えた。

余りにも即答過ぎて深雪は不安を覚えたが、東道に相談するのを止めるという選択肢は無い。

明日、リーナから東道に連絡して面会の約束を取り付けることになった。

◇　◇　◇

偶々タイミングが良かったのか、東道青波とは六月五日の夕方に会うことができた。

「深雪、お疲れ様。リーナもありがとう」

戻ってきた深雪とリーナを達也が労う。リーナはそれ程でもなかったが、深雪は疲労を隠せない顔をしていた。

「――達也様。東道閣下は大層厳しいお顔をされていました」

面会結果の報告を始めた深雪の言葉に、達也は「ほぅ……」と興味深げな声を漏らした。

「十六夜調の許に呉内杏が匿われている件を、閣下はご存じなかったか」

「ええ、その様です。閣下は樫和様の意図が理解できないと仰いました。また『明日、十六夜調の屋敷に向かうように』とのご指示と共に、これをお預かりしております」

深雪が差し出したのは一通の封書。宛名は十六夜調、差出人は東道青波になっていた。四大老の一人とつながっている十六夜調であれば、東道の名と地位を知っているはずだ。

「これがあれば門前払いを喰らうことはない、か。分かった」

「ワタシも連れて行ってくれるのよね？」

これで用済みなんてことはないわよね、と言外に告げながらリーナが達也に訊ねる。

「明日は三人で乗り込む」

達也の答えに深雪は緊張した面持ちで、リーナは満足げな笑みを浮かべて頷いた。

達也たちが十六夜調の自宅に押し掛けたのは六月六日、日曜日の夕方のことだった。

朝から何度も電話を掛け、カメラの前で東道の封書をちらつかせて、ようやく頷かせた結果だ。屋敷と呼ぶに相応しい十六夜調の自宅の周りには昨日から文弥が手勢を率いて張り込んでいる。十六夜調が呉内杏をこっそり逃がそうとした場合は文弥たちが呉内を捕らえ、拉致する手筈になっていた。むしろ屋敷内に立てこもられるより逃げてくれた方が好都合だ。

「高名な皆さんにお会いできて、大変光栄です」

初対面の挨拶を交わした後、十六夜調は心がこもっていない口調でそう言った。「お二方」ではなく「皆さん」と言ったのは、リーナのことも知っているとほのめかしたつもりなのだろうか。達也としては別に、リーナの経歴を知られたところで痛くも痒くもないのだが。

十六夜調は三十一歳。背後にスーツ姿の部下——おそらく護衛——を二人従えたその男性は、その年齢どおりの、ようやく落ち着きが身につき始めたといった印象だった。二十代の頃はかなり神経質に見えていたのだろうな、という雰囲気が見え隠れしている。遠慮無く言えば、育ちの良い「お坊ちゃん」が世間の荒波を知らないまま大人になった感じだ。

しかしその魔法力は侮れない。想子はほとんど漏れ出すことなく管理されているし、その裏に垣間見える事象干渉力は躊躇いなく一流と言えるものだった。十師族に匹敵するという世評は、誇大ではない。——達也はそう思った。

「それで、本日はどのような御用件でしょうか。四葉家との間に東道閣下のお手を煩わせるような、重大な懸案を抱えている記憶は無いのですが」

それに、この白の切り方は堂に入ったものだった。

ただそれは、達也にとって想定の内だ。

「魔法犯罪組織・進人類戦線のリーダー、呉内杏がこの屋敷内に滞在しているなら、引き渡していただけませんか」

達也は最初から面倒臭い搦め手を使うつもりは無かった。正面から誤解しようのない形で、自分の要求を突き付ける。言葉の形は依頼だがこれが要求であることは、言った方も言われた方にも明らかだった。

「仮にその呉内杏なる人物がこの家にいるとして、何故その者を警察ではなく四葉家に引き渡さなければならないのですか？」

調が視線で探りを入れながら達也に反問する。

「警察に引き渡していただけるならそれでも良いですよ。結果は同じですから」

「警察には手を回しているということですか？」

この質問には答えを返さず達也はただ薄らと、不気味に笑った。

調の顔に動揺が過る。主から漏れた感情の乱れに反応したのか、背後の護衛が身構えた。だが深雪から無礼を咎める威圧の眼差しを、リーナから応戦を厭わぬ獰猛な眼差しを向けられ二人とも硬直してしまう。

「深雪、気を静めろ。リーナ、挑発するんじゃない」

「申し訳ございません、達也様」

「ゴメンなさい、タツヤ」

深雪とリーナは大人しく視線の圧力を緩めた。

緊張から解放された気配を放ったのは、護衛だけではなかった。

「……司波さん、こちらこそ失礼しました」

先に攻撃の意思を見せたのは調の護衛。彼が謝罪するのは理に適っている。

「気にしていません」

だから達也も余計な謝罪合戦は選ばなかった。

「ところで、その呉内杏とかいう女性――女性ですよね？」

確認して見せる意味が強い調の質問に達也が頷く。

「その者が率いていた組織は、具体的にどのような罪を犯したのですか」

調が質問の本文を続けた。

「軍事機密の窃盗未遂です」

「ほう、重罪ですね。御覧のとおりこの家は大して広くもなく、私には呉内という女性に心当たりはありませんが……。念の為、使用人に確認させましょう」

十六夜調の屋敷は旧埼玉県の狭山市北部にあり、周りの家も都心に比べて敷地に余裕がある。確かに何十部屋もあるような大邸宅ではないが「大きなお屋敷」には違いなかった。

「その女性の写真などお持ちではありませんか？」

調のリクエストに達也は白々しいとは言わず、プリントアウト済みの写真を渡す。そこには地味な女性が写っていた。

老けてはいない。実年齢どおり、二十代半ばの外見だ。

化粧気が無いわけでもない。唇には派手すぎない色のルージュが塗られているし両耳が半分隠れ襟足に掛かるショートの髪も堅苦しくない程度にきちんとセットされている。

重そうな奥二重瞼が顔全体のイメージに影響を与えているのだろうか。すれ違っただけではすぐに忘れてしまいそうな、良い印象も悪い印象も残らない顔立ちだった。

調が驚きを露わにしたのは、紙に現像された２Ｄ写真が今時珍しかったからだろう。彼は背後の護衛に写真を手渡して「屋敷を隅々まで探せ」と聞こえよがしに命じた。

「ご協力、感謝します」

「いえ、軍事機密盗難と聞けば協力しないわけにもいきませんから」

事情を知っている達也たちにとっては白々しい、いや、図々しいことを調は嘯く。そして別の使用人を呼んで、お茶を淹れ直しお茶菓子を持ってくるよう命じた。

それから少しの時間が経過して、達也は屋敷の裏口辺りに気配の乱れを感じた。

彼は感覚の糸を伸ばして気配を探ろうとした。しかしすぐに、気配を読む知覚が遮断されてしまう。

それは達也にとって初めて体験する「術」ではなかった。八雲が修行の中で時々見せる「結界」と同じ性質の知覚妨害フィールドだ。

気配を探る技術だけではない。視覚を拡張する『千里眼』、聴覚を拡張する『順風耳』も封じてしまう術式。術者は目の前の十六夜調で間違いない。確かに相当な手練れだ。

しかしこの種類の結界がエレメンタル・サイトを妨げるものでないのは分かっている。達也は一割の力で気配の乱れがあった座標へ「眼」を向けた。

思ったとおり『呉内杏』のデータに合致する身体的特徴の持ち主が裏口から徒歩で離れていく。この屋敷の裏口は細い路地になっている。表通りに出てタクシーを呼ぶつもりだろうか。目の前に座る調から意識を逸らすわけにはいかないので、女の正体を確定できるレベルまで深く読み取ることはできなかった。だがそれで問題は無い。文弥と亜夜子が出し抜かれることはないはずだ……。

「ところで、一つ疑問があるのですが」

そんなことを考えていた達也に、まるで彼の思考を妨げようとするかの如きタイミングで調が話し掛ける。

「何でしょう」

実際に達也は思考の打ち切りを余儀なくされた。ただ、打ち切っても問題が無い程度のものでしかなかったが。

「軍事機密窃盗犯、いえ、未遂犯でしたか。それを何故、軍人でも警官でもない民間人の司波さんが捕まえようとされているのですか？」

「関係者だからです」

「関係者？　事件の関係者ということですか」

達也としては余り訊かれたくない事情を調は聞き出そうとしている。

「お答えできません」

「いえ、聞かせて欲しいですね。こうして協力しているのですから」

その意味の無い、道理も通っていないしつこさに達也は気付いた。

調の狙いは時間稼ぎにある。

どうやら彼は、達也たち三人以外に呉内杏を捕縛する人員は用意されていないと甘く見ているようだ……。

（……いや、俺たち三人以外の相手なら逃げ切れるという勝算があるのか？）

しかし達也はすぐに考えを変えた。

「呉内杏を引き渡していただければ、その時にお話しします」

（文弥が後れをとることはないと思うが、呉内杏の魔法技能は分かっていない。俺たちには未知の魔法の遣い手だったとしたら……）

答えをはぐらかしながら、達也は「もしも」という一抹の不安を覚えていた。

◇　◇　◇

十六夜調の屋敷は町外れにあるが、人里離れた山の奥というわけではない。大規模な水田や農園が広がる農村に点在する一軒家というわけでもない。屋敷の裏にある路地は昼夜を問わず人通りが少ない。だが普通の通りに出れば、今はまだ夕方。それなりに人通りはある。

いつもならば。

（まさか……結界？）

人影が消えた町の景色を見て真っ先に「結界」と結び付けたのは、呉内杏が古式魔法を伝える家の出身だからだ。ただし彼女自身は実家の古式魔法を教わっていない。彼女の家は男児にのみ秘伝を授ける流儀だった。

両親の方針で魔法科高校などの魔法教育機関にも通っていない。彼女は魔法の訓練を、その才能を偶然目にした元老院四大老・樫和主鷹の部下から受けた。

魔法の訓練を始めたのが大学生になってからと遅かった為、呉内の魔法に関する技術は低い。ただ彼女は魔法師と言うより異能者であり、かつ霊媒師の素質も持っている。魔法協会が認定する魔法師ライセンスは取れなくても、決して無能ではなかった。

呉内杏には樫和から特別な任務が与えられている。その為、相手が四葉家であろうと——この時点ではまだ、彼女は自分を狙っているのが四葉家とは知らない——むざむざ捕まるわけにはいかない。人を締め出す種類の結界はそこに向かおうとする人間の数と種類が多くなる程、維持するのが難しくなる。その知識を根拠にして、呉内は町の中心部に向かって走り出した。

しかし彼女は路地を抜け出すことはできても、表通りには出られなかった。

その行く手をスリムな人影に阻まれてしまう。

(女性……いえ、青年……?)

スリムな女性にも華奢な男性にも見えるその人影は、右手にナックルダスターをはめていた。

暴力行使の意思をあからさまに見せつける道具に、呉内は躊躇わず自分の異能を発動した。

◇◇◇

呉内杏の逃走を阻止すべく、文弥は彼女の前に立ち塞がった。右手のナックルダスターは威嚇だ。いきなり『ダイレクト・ペイン』を使うつもりは無い。彼が前方で注意を引いている内に、後方から部下が忍び寄って眠らせる手筈だった。

ところが文弥の目の前から、いきなり呉内杏の姿が消えた。彼女の姿を文弥が捉え直したのは一秒後。確かに自分の目の前にいたはずの呉内は、元いた路地に逃げ込もうとしていた。

(『疑似瞬間移動』? いや、違う。そんな気配は無かった。魔法発動のプロセスも。呉内杏は異能者なのか……？）

考えながら、文弥は呉内を追って走り出す。路地の反対側の出口にも部下を配置しているが、今の訳が分からない異能を使われると、逃げられてしまう可能性が高い。

文弥は自己加速を使って移動スピードを上げた。

ただ、彼は余りこの術式が得意ではない。文弥の任務には、単純な速さよりも状況の変化に素早く対応できる柔軟性の方が重要だからだ。技術的に不得意というより、術式が終了するまでは基本的にあらかじめ決めたとおりにしか動けない自己加速魔法の性質に、心理的な抵抗があるのだった。

しかし今は、そんなことに拘っている場合ではない。文弥は呉内杏が逃げ込んだ路地の地図を正確に思い出してルートを設定し、彼女を追い掛けた。

その甲斐あって、彼は呉内の姿をすぐに再視認した。時間にしておよそ五秒。文弥はそのまま追い付き、背後から彼女を拘束しようとした。

ところが。

文弥が呉内の背後に迫り、手を伸ばしたその時、再び彼女の姿が消えた。

（——違う！　消えたんじゃない）

（瞬時に目にも留まらないスピードまで加速したんだ！）

今回は文弥も注意していた。消えることを警戒していたにも拘わらず見失ってしまったが、その可能性を意識していたから何が起こったのかだけは認識できた。

（有希と同じ身体強化？　いや……、それも違う）

文弥には『榛有希』という名の身体強化を使う超能力者の部下がいる。父親の配下ではなく彼の個人的な部下だ。

その部下の身体強化は筋力、速度、身体強度の全てを引き上げるもので、特にスピードは残像を生み出し幻術を使わず分身を創り出せる程だった。

だから文弥は身体強化がどういうものか、何度も間近に見て良く知っている。呉内の加速は、部下が使う身体強化とは明らかに別物だった。

呉内の姿が路地の出口に出現する。距離にして約十メートル。

文弥が見失っていたのは一秒未満。おそらく〇・五秒も経っていない。加速状態を長時間維持できないのだろう。それでも、何の兆候も無く異能を発動できるのは脅威だ。

呉内の姿が路地の出口に建っている家の、外塀の陰に消える。

（必要以上のダメージを与えないなんて甘い考えは止めだ！）

文弥はそう決意しながら、再び自己加速魔法を発動した。

◇　◇　◇

（まだ追ってくる……）

呉内杏が背後から自分に向けられた「視線」を感じているのは彼女自身の能力ではなく、十六夜調にもらった隠形の護符の効果だ。この護符は自分の気配を隠すものだが、肉眼を欺く程の力は無い。気配で居場所を探られるのを避けられるだけだ。その代わり五感以外の感覚で自分を捜している気配を、符の使用者に伝える副次的な作用があった。

彼女の異能は『固有時間加速』。自分自身の時間を加速する能力だ。

……こう言うと極めて優れた能力に感じられるが、残念ながら某アメコミのヒーローや某古典漫画のサイボーグのように強力なものではない。

一度に加速し続けられる時間は主観時間で最大一分間。客観的な時間で一秒間。

つまり加速率は最大で六十倍。これも、最大限度まで加速すると消耗が激しく再発動までに十分間の、ゲームで言うところのクールタイムが必要となる。その為、通常はクールタイムを必要としない三十倍以下の加速率に抑えている。

また動かせる物は自分の肉体と、意識せずに動かせる身に着けた物だけだ。例えば衣服や靴は、歩いたり走ったりする時に一緒に動かしていると普段は思わないし感じない。道具も身体に固定している限り持ち運んでいるとは意識しないだろう。

　しかし例えば銃を撃とうとすると、グリップを握った途端意識に上り、加速率に従って増幅された慣性に囚(とら)われ途轍(とてつ)もなく重くなる。他の武器も同じだ。その所為(せい)で攻撃を実行する際に、いったん加速を止めなければならない。

　では武器を使わなければどうかというと、身体強化(フィジカルブースト)と違って外部からの衝撃や反作用に対する肉体の強度は上がらないので、反動で骨が折れ筋肉や腱(けん)が断裂してしまう。彼女の異能は事実上、逃走か奇襲にしか使えないのだ。

　しかし今は追っ手から逃げ切ることが最優先だ。この状況には、彼女の異能は適している。呉内(くれない)は背後から迫る追跡者に気を取られながら再び『固有時間加速』を行使した。風に揺れる街路樹や空を羽ばたく小鳥の動きがゆっくりしたものになる。

　走るペースは変えていないのに後方に流れていく景色は勢いを増し、空気はねっとりと重くなる。

向かい風が顔に痛く、息がしづらい。

追跡者を含む、そうした諸々(もろもろ)に気を取られていた所為(せい)だろう。

呉内(くれない)は目の前に出現した人の壁に、慌てて足を止めた。

同時に異能が解除される。

黒の上下に身を固めた、伝統的な組織暴力従事者というより映画にもなった都市伝説の宇宙人隠蔽工作員を思わせる男たちが、呉内の前に半円の壁を作る。

一人一人の間隔は狭く、標準的な体型の呉内にはすり抜けられそうにない。

立ち竦んでしまう呉内杏。

黒服が魔法を放つ。

窒素濃度を高め、相手を酸素欠乏症に導く収束系魔法。終了条件を「攻撃対象が一度呼吸をすること」に定めた非殺傷・無力化目的の魔法『ナイトロゲン・ブレス』。

呉内は自分に放たれた魔法が『ナイトロゲン・ブレス』だと理解してはいなかったが、魔法が放たれたこと自体には気付いていた。

魔法による攻撃を受けたと彼女が認識したのと同時に。

十六夜調に与えられた古式魔法が発動した。

◇　◇　◇

文弥が再び呉内杏を肉眼で捉えたのは、ちょうど部下の魔法が彼女に向かって放たれようとしている時だった。

魔法式の完成度、威力、照準。全て申し分ないと己の感覚が文弥に告げている。彼は呉内杏の捕縛成功を疑っていなかった。

ところが次の瞬間、

その確信は、覆された。

よろめき膝を突いたのは攻撃を仕掛けた側であるはずの部下。

何が起こったのか、文弥には「視」えていた。部下が放った『ナイトロゲン・ブレス』は効果を顕すことなく立ち消え、逆にその当人が『ナイトロゲン・ブレス』を浴びて酸欠状態に陥っているのだ。

(魔法を……反射した⁉)

自分の「眼」で「視」たことが文弥は信じられなかった。

魔法の効果——魔法による事象改変の結果を利用して相手に同種の魔法を撃ち返す技術なら知っている。文弥自身、教えを受けて練習したこともある。

だが他人が発動した魔法をそっくりそのまま相手に送り返すなど、見たことも聞いたこともなかった。

しかし、自分の「眼」が——魔法に対する認識力が狂っているのでなければ。

彼の「視界」で起こったことは、まさにそれだ。呉内杏は部下の魔法を反射したのである。

文弥は呉内に向かってナックルダスターをはめた右手を突き出した。

このナックルダスターは文弥の得意魔法『ダイレクト・ペイン』の為の専用CAD。

魔法に関する知識を貪欲に求める四葉家ですら文弥以外に『ダイレクト・ペイン』の遣い手

を知らない。文弥(ふみや)固有の魔法と言っても過言ではない希少な精神干渉系魔法。

その、精神に直接「痛み」を与える魔法を、文弥(ふみや)が呉内杏(くれないあんず)に向かって放つ。

文弥(ふみや)は頭に血を上らせていなかった。部下の身に起こった不可解な現象を、しっかり念頭に置いて『ダイレクト・ペイン』を放っていた。

だから彼は、耐えることができた。

見極めることができた。

呉内杏(くれないあんず)の左腕に放った「痛み」が文弥(ふみや)の左腕を襲う。

文弥(ふみや)の奥歯がギリッと音を立てて軋(きし)む。

精神に直接食い込む激痛を、彼は奥歯を噛(か)み締(し)めるだけで耐えた。

（……やはり魔法が反射されている）

（呉内杏(くれないあんず)は反射をコントロールしていない。自分に向けられた魔法を自動的に返している）

（反射の起点は……背中。心臓の裏側辺りか）

（もしかしてこれが『呪刻(じゅこく)』という技術？）

人間の肉体を符に見立て魔法発動効果を持つ文字と図形を刺青(いれずみ)で描く、古式魔法でも外法(げほう)に分類される技術。原理は刻印型術式と同じだ。違いは刻印型術式が感応金属に刻んだ文字と図形に一定量以上の想子(サイオン)を流すことで魔法が発動するのに対して、呪刻(じゅこく)は特定の感情を反映した想子(サイオン)波を受けて魔法を発動する。――文弥(ふみや)は四葉(よつば)本家の祖母からそう教わった。

達也(たつや)が解き明かした事象干渉力の正体を勘案すると、おそらく呪刻(じゅこく)は霊子波(プシオン)と想子波(サイオン)の二つを鍵に機能するのだろう。攻撃に対して自動的に反撃することから考えて、鍵となる感情は危機感と自己防衛。

（戦っている最中に危機感を喪失するというのは、望み薄か）

（刻印型術式と理屈が同じなら、燃費が悪いはず）

（ただでさえ発動のタイミングを自分で決められないんだ。準備の時間も取れない魔法の行使がそんなに長続きするはずはない）

「全員聞け！　その女を直接攻撃してはならない！」

文弥(ふみや)は呉内(くれない)の行く手を塞いでいる黒服の部下たちに、大声でそう命じた。

「……どうかしましたか？」

なおも達也(たつや)相手に時間稼ぎを図っていた調(しらべ)が突如、表情を消して黙り込んだ。

「い、いえ。何でもありません」

その変化を達也(たつや)に指摘されて、調(しらべ)は慌てて言い訳をする。しかし意識の一部がここではない別の何処(どこ)かに割かれているのは、肉眼で見ただけでも明らかだ。

達也が深雪に目配せをする。

「ところで十六夜さん。このお屋敷には何人くらい働いていらっしゃるのでしょうか？」

深雪が調に話し掛け、達也はソファに深く腰掛けた。背もたれに背中を預けてはいないが、深雪に調の相手を完全に委ねた格好だ。

「……何故その様なことを？」

調は不自然にならない程度の間で問い返すが明らかに、会話に集中しきっていない。

その隙に達也は「眼」のリソースを調の意識が逸れたその先へ、彼が観察を続けていた文弥と呉内の戦いへと多めに振り向けた。

◇　◇　◇

「自分たちの前に魔法シールドで壁を作って、その先に行かせるな！」

最初に呉内の逃走を邪魔した中性的な容姿の（多分）女性は、声も中性的だった。良く通るアルトの美声で黒服に命令を下す。

あの女性（？）は黒服の仲間ではなく主だったのか。――呉内はそう思った。

彼女が黒服に傅かれている姿は想像しにくいし、似合っているようにも思われない。しかし人を見掛けで判断してはいけないのだろう。自分も犯罪組織のリーダーなどという柄ではないのだし。――自分自身を省みて、呉内はそうも思った。

呉内は自分たちのやっていることが犯罪であり、魔法師全体の利益にはならないと自覚している。今の進人類戦線の在り方に心の中では批判的、というよりはっきり反対していた。

――結成当初の進人類戦線は独善的ではあったが気持ちの良い熱気で溢れていた。社会の誤りを何とか正そうと泥臭くも懸命に道を模索する皆の姿は、スマートではなくても輝いていた。

だが無力感に苛まれ絶望から闇に落ちるまで、大して時間は掛からなかった。それまで目を逸らしていた現実を直視することがあれほど容易く人の心を蝕むなんて予想外だった。何の実績も無い自分たちが合法的な手段で当たり前の道理を説いても、右から左に聞き流されるだけだと思い知った。だから法を犯してでも、実績を作ることにした。

墜ち始めると、どん底まで転落するのはすぐだった。今や進人類戦線は単なる犯罪組織、テロリスト予備軍だ。

堕落しても、彼らに対する仲間意識は残っている。元の、理想を真っ当に追求する集団には戻れなくても、犯罪は止めて欲しい。今回の仕事で、仲間たちの多くはどうやら司法当局に捕まってしまったようだ。これを機に罪を償い正道に立ち返って欲しい。

本当は捕まる前に組織の軌道を修正したかった。しかし偽りのリーダーでしかない自分には変えられなかった。決定権が無かった。

進人類戦線の真の首領は十六夜調だ。自分は先生に――樫和主鷹に命じられて十六夜調の許に行き、十六夜調に命じられて進人類戦線に参加し、彼の命令で二代目リーダーに収まっただけだ。そこに自分の意思は無かった。

自分の意思が無いという点では多分、十六夜調も同じだ。自分も彼も、先生が巡らす謀の駒でしかない――。

呉内杏は長々と心の中の独白に浸っていたわけではない。彼女の思考は一秒かそこら脳裏を過っただけの、順序立てた言葉になる前の概念でしかなかった。だがその一秒で、呉内は追跡者の女性――と彼女が誤解しているだけで実際は男性――に追い付かれてしまう。

呉内は再び、文弥に追い付かれてしまった。

「ところで十六夜さん。このお屋敷には何人くらい働いていらっしゃるのでしょうか？」

「……何故その様なことを？」

「確認に随分と手間取っていらっしゃるようですので」

「まだ大してお待たせしていませんよ」

深雪と調の会話を聞きながら、達也は文弥と呉内杏の戦いを観察していた。

文弥は得意の『ダイレクト・ペイン』ではない低威力の魔法を放ち、跳ね返ってくるその魔法を並列展開したシールドで防ぎながら何かの機会を窺っている。「相手の魔法」のスタミナ切れを狙っているのだろうか。

もしそうなら文弥の狙いは的を外している。

呉内杏はトリガーを兼ねた中継点に過ぎない。あの魔法を発動している術者は別にいる。達也はこの技術を三年前、四葉家に私怨を懐き爆弾テロを引き起こした元大漢の古式魔法師・顧傑を追跡していた時期に見たことがあった。あの時は魔法資質を持たない人間主義者が中継点にされていた。

魔法資質保有者でなくても魔法を中継できるのだ。魔法師ならば魔法を使えない一般人よりも、魔法を中継し続ける負担は小さいはず。魔法反射が使えなくなるより先に通行人を遠ざけている意識誘導の魔法が限界を迎えてしまうだろう。

(それにしても、魔法を反射する魔法か。これは初めて見た)

奮闘している文弥にしてみれば「そんな場合ではありません」と文句を言いたくなるに違いないが、達也は呉内が使わせられている魔法に興味を禁じ得なかった。

(そういえば師匠から、呪詛を術者に送り返す術があると聞いたことがあったな。名称はそのまま『呪詛返し』)

深雪と「遅い」「遅くない」の押し問答をしている調へ達也は「眼」を向けた。もっとも彼の、肉体の目はずっと調に向けられたままだ。

（十六夜家は古式魔法の名門と言われているが、俺たち現代魔法師の間には、ただ「百家最強」という古式魔法師側からの評価が聞こえてくるだけで詳しい実態が知られていない。もし十六夜家の専門が呪詛ならば、外部に実態を明かしたがらないのも納得できる）

達也は心の中だけで薄笑いを浮かべた。彼は呉内杏に反射の魔法を使わせているのが目の前の十六夜調だと、先程から見抜いていた。

（しかし文弥がこれほど苦戦するとはな……。いや、苦戦と言うより攻めあぐねていると言うべきか。そろそろ道路を封鎖しておくのも限界だし、けりを付けさせてやるとするか）

達也は介入を決意した。

彼は「眼」の焦点を呉内杏の背中に彫られた刺青──「呪刻」に合わせた。

◇　◇　◇

深雪と押し問答をしていた調が突如黙り込む。

沈黙しただけではない。まるで魂を抜かれたような表情になっている。

「十六夜さん？」

会話の相手が突然黙ってしまったのだ。深雪が訝しげながら咎めるような口調になってしまうのも無理はなかった。

「深雪」

「達也様？」

だが達也が小さく頭を振るのを見て、深雪は調に話し掛けるのを止めた。

もっとも、話し掛けられても調は応えられる状態ではなかった。彼は精神に激しい衝撃を受けて思考もままならない状態に陥っていた。

辛うじて形になっている思考と感情は「まさか」と「馬鹿な」。

調がまともに考えられるようになったのは、呉内杏が文弥に捕らえられた後だった。

◇◇◇

文弥は自分が無理なく防御可能な威力の魔法を放って呉内に反射の魔法を使わせながら機を窺っていた。

だが中々、相手の魔法力が尽きる気配は見えない。

ここは普通の住宅街。無許可で道路を封鎖しておくのも限度がある。

文弥が焦りを覚え始めた、ちょうどその時。

呉内杏目掛けて虚空から、この物質世界の何処でもない場所から魔法が撃ち込まれた。

（これは——⁉）

身も心も震える程の大威力というわけではない。むしろ小規模な魔法だ。

そう――、必要最小限。

不足することも余ることもなく目的を達成する、この上なく精緻で芸術的な魔法。

何者が放ったのかその痕跡すら全く残さない、目的の為に全てを使い切る魔法だった。だが術者が誰なのか、文弥には一目で分かった。

（……達也さん）

こんな魔法が放てるのは達也しかいない。

それは文弥にとって疑う余地の無い事実だった。

（達也さんがこの場面で力を貸してくださった。ならばあの魔法は「魔法を破壊する魔法」。『術式解散』に違いない！）

右手の専用CADを呉内に向ける。

彼は疑っていなかった。加減も考えなかった。

確実に相手を無力化することだけを考えて。

反射されれば自分でもおそらく行動不能になってしまう威力で、
文弥は、『ダイレクト・ペイン』を放つ！

他人には軽率な賭けに見える行為。

だが文弥には、賭けという意識すら無かった。

◇　◇　◇

（えっ、なに？）

不意に訪れた小さな衝撃。物理的なものではない。精神的な衝撃だ。

自分が何者かの魔法を受けたのは、呉内にも分かった。

だが何をされたのかは、分からなかった。

自分の身に何の異状も感じられない。それが少々不気味だったが、十六夜調に刻まれた呪刻がいつものように反射したのだろうと考えて呉内は自分を納得させた。

敵の女性（？）が少し離れた所から――具体的には三メートルほど前方から呉内に向かってナックルダスターをはめた拳を突き出す。

パンチが届く距離ではない。

ならば魔法だろう。

どうせ自分には届かず本人に返るだけだ――。

呉内はそう考えて、高を括っていた。相手が自分の魔法を受けて怯んだ隙に逃げ出せるかもしれないと「取らぬ狸の皮算用」を弾いてすらいた。

ところが、次の瞬間。

呉内を、激痛が襲う。

（――っ！）

痛みが激しすぎて声も出せない。悲鳴も上げられない。

何処が痛いのか分からない。彼女にはそれが「痛み」であるとすら認識できていなかった。

心に直接加えられた「衝撃」に彼女の意識は漂白され、次の瞬間、ブレーカーが落ちたように真っ暗になった。

意思による制御を失った呉内の肉体は、糸が切れたマリオネットのように路上に崩れ落ちた。

◇◇◇

ようやく思考力を取り戻した十六夜調が最初に考えたのは「何が起こったのか？」ということだった。

答えはすぐに出た。

（私の術が……破られたのか？）

呉内杏に施していた『反射』の術の手応えが無くなっている。

術を破られた反動で自分の精神がダメージを受けたと考えるのが、たった今受けた衝撃の説明として最もしっくりくる。

(だが……何の前兆も感じなかったぞ!?　術式に対する干渉を術者に覚らせないどころかその気配すら感じさせず、あんなにも一瞬で術を破れるものなのか？　そんなことができるのは、一体全体何者だ!?)

脳裏に浮かんだ疑問の答えはすぐに得られた。

司波達也が意味ありげに自分を見ている。調はその視線で、誰が自分の術を破ったのか覚った。

望むと望まざるとに拘わらず、覚らせられた。

(司波達也……。ただの力自慢ではなかったのか……)

あの四葉家の直系。次期当主の婚約者。

魔法師の社会ではそれだけでも、誰にも無視できない大きな意味がある。

しかし司波達也の威名の所以はそれだけに留まらない。それ以上に、もっと別の実績に基づいている。

三年前の夏。

五年前の秋。

世界を震撼させ、個人が自分たちにとっての軍事的脅威に成り得ると大国に認めさせた、超長距離大規模魔法。

政府に公認こそされていないが、間違いなく戦略級魔法師。

いや、戦略級をも超えた非公認超戦略級魔法師。

それが目の前に座る慇懃無礼な若者に対する世間——魔法師社会の評価だ。

だが本当に自分の術を破ったのがこの青年だとすれば。

(他の追随を許さぬ威力だけでなく、極めて高度なテクニックまで持っているのか……?)

調は戦慄を禁じ得なかった。

それともう一つ、激しい嫉妬も。

彼は己の技量に強い自負を持っている。十師族に匹敵すると言われている十六夜家の中で最も優れている魔法師は、当主の兄ではなく自分だと彼は確信していた。

兄に当主の座を譲ったのは長子相続の慣例と、それ以上に元老院四大老・樫和主鷹が自分を側近に望んだからだ。その事実と地位は調のプライドを当主の地位以上に満足させた。

彼の魔法は裏仕事でこそ活きるもので、国家公認戦略級魔法師のように表立って脚光を浴びる活躍はできない。だが調は己の境遇に満足していた。国家公認戦略級魔法師よりも、真の権力者から必要とされている自分こそが本当に優れた魔法師だと優越感すら覚えていた。

だが今。調は目の前で、自分の魔法を軽々と破られた。

自分の自負を否定する所業を見せつけられた。

——この日。

——十六夜調の心の奥底に、司波達也に対する強い敵意が芽生えた。

［13］　エクストラ

文弥に捕らえられた進人類戦線のリーダー、呉内杏はその日の内に伊豆半島下田市にある四葉家の拠点へ送られた。

ここは達也が魔工院を伊豆半島南東の海岸沿いに造ると決めた時、四葉家がそのバックアップ拠点として設けたものだ。売却予定の保養施設をその情報が公開される前に買い取り、要塞兼監獄に改造した物。元々あった施設を改造した拠点は魔工院より先に、去年の夏の段階で完成していた。

何故四葉家は監獄や要塞が必要だと考えたのか。

それは魔工院が極めて有用な、軍事組織や犯罪組織の標的となる魔法技術の宝庫になることが予想されているからだ。

軍事的優位も経済的優位も、それを決定づけるのは基礎技術プラス製品化技術。基礎技術だけでも製品化技術だけでも競争には勝てない。魔法を産業技術に結び付けて経済的に自立する人材を育てるという魔工院の目的は、魔法という基礎技術を実用に結び付ける製品化技術の蓄積にもつながる。それは今までの魔法学に不足していた側面だ。

巳焼島と違って魔工院のある場所は陸続きの半島。誰にでもアクセスできる。しかも近くには有名な観光地もあり、余所者が出入りしても目立たない。

開校してすぐに非合法活動の標的となることはないだろうが、実績を上げていけば確実に狙われる。魔工院の知的財産、そこに通うメイジアンの生徒と教鞭を執る専門家を守る為に非合法活動集団の襲撃に備える必要を四葉家が覚えたのは、決して杞憂ではなかった。

襲撃者に対処する為の戦闘員駐在施設と襲ってきた無法者を収容する監獄をあらかじめ建設したのも、この予測に基づけば必要なことだった。

しかし運用を始めて早々に囚人を迎えたのは計算外だったに違いない。だが捕らえた進人類戦線のメンバーを収容するには、ここはちょうど良かった。いずれ解放する可能性がある彼らを秘匿性が高い拠点に連れて行くのは、都合が悪かったからである。呉内杏の収容に先立ち、飛騨高山で捕らえた他のメンバーもこの施設に囚われていた。

一方その夜の四葉本家では、捕らえた呉内杏とその配下の処遇について話し合われていた。話し合いに参加しているのは真夜と、葉山、花菱、紅林の合計四人。葉山たちは四葉家の秘密を知る内陣の執事だ。

「捕らえた中に使えそうな者はいましたか？」

真夜の下問。

「リーダーの呉内杏は中々面白い能力を持っていますが、元老院四大老である樫和様の手の者を当家の配下にはできますまい」

その質問に、戦闘部門統括の花菱執事が答える。

真夜がチラリと葉山に目を向けた。

葉山は無言で、恭しく頷く。彼は四葉家の筆頭執事であると同時に、四葉家の動向を監視すべく派遣されている元老院の代理人でもある。ただ四葉家でこのことを知るのは真夜だけだ。

「呉内杏以外で使えそうだったのは六人です。まあ、いずれも使い捨てのレベルですが。それでも中々の豊作だったと申せましょう」

「研究対象としては」

花菱に続いて研究部門の統括者、紅林執事が発言した。

「呉内杏一択ですね。彼女は我々の目から見ても希少な人材です。『固有時間加速』というサイキック寄りの特殊な魔法に加えて霊媒師としての素質も併せ持つのですから」

「霊媒師？」

真夜が興味を示す。

「はい。それも残留思念に感応するタイプではなく、他人の術式に感応するタイプです」

「具体的に何ができるのかしら」

「他人の術式を自分の中にストックし、ターゲットを変えて放出することができます。無論その為の訓練は必要ですが」

「ああ、それで……」

「はい。魔法の中継点としては最適の才能です。『呪詛返し』の術者としても高い適性と言えるでしょう。樫和様が彼女を十六夜調の許に送り込んだのも、この才能があったからかと」

「そう……。手放すのが惜しいわね」

「御意。可能であれば解放する前に、一年程じっくり研究したいですな」

「残念ながらそうもいかないでしょうね」

研究者としての欲を正直に吐露する紅林に、真夜は苦笑を漏らした。

「使えそうな六人は花菱さんに預かってもらうとして……、他の十九人はどうしましょうか」

四日前に捕らえた進人類戦線のメンバーは二十四人。六人を四葉家で確保するとして、呉内を含めた十九人の扱いを決めなければならない。

彼らは窃盗の容疑者だが、捕らえるに当たり四葉家は法を遵守していない。そのまま司法当局に引き渡せるものではなかった。

「一番良いのは国防軍に引き取らせることでしょう」

「どのような手順で？」

花菱が述べた意見に、真夜が具体策を問う。

「今回の一件では一条家が国防軍と協力態勢を築いています。捕らえている者たちをその功績と共に一条家へ引き渡せば、後は向こうが善処してくれるでしょう」

花菱の答えに、彼の横で葉山が頷いた。

「紅林さんもそれで良いかしら？」

「はい、奥様」

「ではその方針で。一条家との交渉は……そうね。達也さんにお願いしようかしら」

「よろしいのではないでしょうか」

真夜が示した方針に葉山が賛意を示し、他の二人も同意の印に頭を下げた。

「ただ、一条家に話を持って行くのは来週にしましょう。紅林さん」

そして意味ありげに紅林に目を向けた。

「それまでは呉内杏を私にお任せくださるのですね」

紅林が満面に期待をみなぎらせる。

「ええ、時間が短くて物足りないかもしれませんけど」

「ありがたき幸せ」

紅林が大袈裟な仕草で一礼する。

「こんなところかしら……。ああ、そういえば」

ふと思い付いた、という口調で真夜が付け加える。

「深見とかいう『二』の数字落ちは見付かりましたか？」

進人類戦線のサブリーダーは第二研の数字落ちの家系だと判明している。

「黒羽様のご判断で泳がせております」

答えは葉山からすぐに返ってきた。

「貢さんが？」

四葉分家・黒羽家当主の黒羽貢は真夜と年が近いこともあって——と言っても真夜が五歳も年上なのだが——、「貢さん」「真夜さん」と呼び合う仲だった。

「捕縛をお望みでしょうか？」

「いえ、貢さんにも考えがあるのでしょう。そのままで結構よ。ただ目を離さないように」

「はい。黒羽様にはそのようにお伝えします」

「では皆さん。ご苦労様」

真夜が満足げに頷いて、会議に使っていた小食堂を後にする。

花菱と紅林はそれぞれの仕事に戻り、葉山は真夜のお供をして彼女のプライベートな書斎に向かった。

◇◇◇

乗鞍岳山麓のレリック盗掘ミッションには進人類戦線のほぼ全員が参加していた。今、自由に動けるのはサブリーダーの深見快宥を含めて九人だけだ。

その九人は房総半島東京湾岸のアジトで、揃って悄然と項垂れていた。

今日は六月七日、月曜日だ。この中には魔法資質保有者であることを隠して普通に就職している者もいる。だが職場を欠勤してまでこうして集まっておきながら、朝から何もせずに漫然と時間を無駄にしていた。

彼らを打ち拉いでいるのはリーダーの呉内杏が拉致されたというバッドニュースだった。

「……何故あの四葉家が出てくるんだ」

残党の一人がぽつりと呟く。

「リーダーを拉致したのが四葉家だと決まったわけじゃない……」

別の男からぽつりと反論があった。

「リーダーが匿われていた屋敷に四葉家のモンスターが現れて、その直後に拉致されたんだぞ！　これが偶然だとでも言うのか⁉」

言い返す声は反論と言うより悲鳴のようだった。

「止さないか！」

サブリーダーの深見が不毛な言い争いを止める。

「リーダーは取り返す。その為の打ち合わせに集まってもらったんだ。仲間割れをしている場合じゃない」

「取り返すって言うけど、リーダーが囚われている場所どころか誰に捕まっているのかも分からないんですよ。それでどうやって助け出すと言うんですか⁉」

四葉家に捕まっているとは限らないと主張した方の男が深見を詰問する。

「確実な情報を待っていたら手遅れになってしまうかもしれない。決め打ちになるのもやむを得ないと私は考える」

答える深見の言葉遣いは尊大だが、口調に所々神経質な性格が滲んでいた。

「決め打ちと言ったって、居場所が全く分からないじゃないですか……」

時間的な余裕が無いということは、その男にも分かっているのだろう。反論の声には力が無かった。

「居場所は探さない。助け出すのではなく、リーダーを解放させる」

「……一体どうやって？」

この質問をしたのは、拉致犯を四葉家と決め付けた青年だった。

「まず、リーダーを匿われていた屋敷から連れ去ったのは司波達也の関係者と仮定する。状況から見て、その可能性が最も高い」

今回は反論の声が上がらなかった。

「あの男の会社に七草家の娘がいる」

真由美がメイジアン・カンパニーに就職していることは魔法関係者の間で噂になっている。深見だけでなく、この場にその事実を知らぬ者はいなかった。――厳密に言えば「会社」ではないのだが、そんなことを気にする者もまた、ここにはいなかった。

「……七草真由美を人質に取るのですか？」

　察しの良い者が深見に訊ねる。もっとも今の文脈から深見の考えを推理するのは、それほど難しくはなかった。

「そうだ」

「……相手は十師族の直系ですよ？」

「七草真由美の実力を甘く見るつもりはない。だがどれほど手練れの魔法師であっても、不意を突かれれば本来の実力は発揮できない。また、魔法による奇襲ならば気付いて防げるかもしれないが、魔法以外の奇襲に対する備えまではないはずだ」

「市街地でガスを使うんですか⁉」

　仲間から驚きの声が上がった。

「あの女が住んでいるのは四葉家の傘下企業の社宅だ。無関係の人間を巻き込むことは無い」

　深見が口にしたのはメイジアン・カンパニーの関係者なら巻き込んでも良いという乱暴な理屈だ。

　だが、反対意見は無かった。――進人類戦線が所詮は犯罪組織だということが垣間見える一幕だったと言えよう。

二一〇〇年六月九日、水曜日。時刻はもうすぐ午後六時半。

真由美の就業先である魔工院の勤務形態はスーパーフレックスだ。何時出勤しても良いし退勤時刻も本人に委ねられている。だが真由美は基本的に九時出勤、午後五時退勤で就業している。徒歩圏内にある社宅に帰り着く時間は大体午後六時前だ。

だが今日は広告会社との打ち合わせが長引いて、事務所を出た時には午後六時を過ぎていた。いつもは途中でお茶や買い物をして帰るのだが、今日は寄り道をせずに真っ直ぐ帰宅した。

今は一年で最も日が長い季節だ。今日は午後から晴れたこともあって、この時間でも結構明るい。東京都心近くの彼女の実家周辺ほど人通りは多くないが、町の人の姿が全く見られないという程でもない。いつもより遅い時間でも、危ないことは何も無いはずだった。

健康の為、彼女はスクーターも自転車も使わずに徒歩で通勤している。この日も魔工院から歩いて帰り、社宅の敷地に入る直前で——。

——彼女は突如、目眩に襲われた。

(貧血……?　いえ、これは……)

真由美はドライアイスの塊を相手に顔目掛けて撃ち込み、命中寸前で気化させて二酸化炭素を相手の気管に送り込むことで酸欠および二酸化炭素中毒に追い込むという魔法を対人戦の切り札にしている。

だから、似たような魔法で攻撃された場合の対処を研究していた。有毒ガスを浴びた際の自覚症状と、その種の攻撃を察知した場合の対応についても。

（上空のきれいな空気で、有毒ガス、を……）

自分が陥っている症状は、酩酊効果のあるガスによるものと彼女は推測した。

上空の空気を大量に引き寄せ下降気流を発生させる移動系魔法『下降旋風』で、真由美は自分の周りに充満しているであろう有毒ガスを吹き飛ばそうとした。

だが、気付くのが少し遅かった。

魔法を発動するのに必要な意識の集中が十分にできない。

この時、真由美が持っていたＣＡＤが従来のボタン操作型だったら、この状態からでも魔法を発動できた可能性はあった。

だが完全思考操作型のＣＡＤは、手による操作を必要としない代わりに操作内容を明瞭・明確に意識しなければならない。意識に靄が掛かっている状態では起動式出力に必要な操作が上手くいかない。技術の進歩に伴い発生しがちな「思わぬ落とし穴」だった。

真由美が路上にへたり込む。半ば気を失っている状態だ。物陰から駆け寄る人影は見えているが、顔の判別はできないし抵抗も逃走もできそうにない。

（お、願い……。誰……か……）

真由美も若い女性だ。意識が朦朧としていても、恐怖だけは湧いてくる。

いや、抵抗できない状態だからこそ、恐怖は余計に膨れ上がっていく。

（誰、か……！　達也くん……、十文字くん……、摩利……。誰でも、良い……。お願い……！）

頼りになる後輩。頼りになる友人。だが彼らは、今日この近くにいないはずの者たちだった。

近くにいて自分を助けてくれる誰かを、自由にならない思考で真由美は探し求める。

（助、けて……遠上さん……！）

「そこで何をしている！　七草さんに近付くな！」

真由美は空耳を疑った。都合の良い幻聴ではないかと恐れた。

そして霞の掛かった視界の中で、確かに遼介が自分の方へ駆けてくるのを見て、彼女は糸が切れたように意識を失い路上に横たわった。

達也からレナ・フェールへの使者としてバンクーバーに戻るよう依頼されて以来、遼介は仕事が手につかない状態が続いていた。

時期はまだ、明確に指示されていない。だがそんなに先ではないのは確かだ。一日でも早く、というのが遼介の本音だった。もっと言うならば「一日でも早くレナに再会したい」という願望に、彼は囚われていた。

遼介はつい先日星気体のレナと話をしたばかりなのだが、それでも本物が恋しいようだ。いや、なまじ本物と寸分違わぬ星気体と顔を合わせたから余計に会いたくなったのかもしれない。

それが態度に出ていたのだろう。今日の午後遂に、新任の学院長に事務室を追い出されてしまった。と言っても馘首されたわけではなく、魔工院に協力してくれることになっている某工業大学の講師に、郵便で送れない重要な書類を届けるよう命じられ、ついでにパスポートを更新してくるよう命じられたのだった。

本当はもっと早く戻ってくる予定だったが、届け物に行った大学で思い掛けなく時間を取られてしまった。そこは偶然にも、遼介が一年間だけ通った大学だったのだ。

大学からの帰り際に在籍当時世話になった講師に捕まって――届け先の講師とは別人だ――色々と根掘り葉掘り質問を受けた。その講師は話している内にどうやら、魔工院に興味を懐いたようだ。教育者の確保は魔工院の最重要事項。無下にもできず話し込んで、この時間になってしまったという次第だった。

「もう、こんな時間だから」と直帰を命じられて、それでも社宅に帰り着いたのはいつもより遅い時間。だがそれが偶然、吉と出た——と言って良いだろう。

社宅の敷地の前にへたり込んだ真由美と、彼女に迫る不審な人影。真由美が襲撃者の人相を認識できなかったのは当然だ。彼らは皆、ガスマスクを着けていた。

それに気付いた時には、遼介も少しガスを吸っていた。だが幸い、気付いたのが早かった。彼が気付いた場所はまだガスの濃度も低かったのだろう。肉体が影響を受ける前に、遼介は自分を魔法シールドで包んだ。

遠上家は「十」の数字落ちだ。元の姓は『十神』。

そして『十神』が数字を剝奪される原因となったのが、今、彼の身体を守っている魔法。

個体装甲魔法『リアクティブ・アーマー』。

重要拠点と重要人物を守る魔法師。それが第十研の目的だった。だが『十神』の『リアクティブ・アーマー』は自分自身しか守れなかった。

それ故の数字剝奪。それ故の数字落ち。

だが見方を変えれば、自分自身を守ることに限るなら『リアクティブ・アーマー』は「十」の魔法師に相応しい強度を持っていた。

実を言えば『遠上』は、不良品として見捨てられた他の数字落ちとは少し性質が違う。国の心臓部を守る「最強の盾」の役割を果たせなかった『十神』は、代わりに単身敵陣へ突入する特攻兵としての使い方を想定した調整が進められた。

結局、戦局を左右するほどの決定力が期待できずに『十神』は『遠上』として放逐されたが、その魔法には『十文字』や『十山』に勝るとも劣らぬレベルで改良、いや、改造が加えられていた。

ＣＡＤに頼らなくても即時発動できる点が、その一つ。サイキックの能力とは少しシステムが違う。最初に片手を覆うだけの想子の膜――無系統のシールドを形成し、それを踏み台にして全身を包む本格的な魔法シールドを展開することができる。

そしてもう一つの特殊な性質が、選択的透過性。個体装甲魔法は身体に沿って形成され、術者は魔法シールドに隙間無く包まれる。戦場を想定したシールドは有毒ガスに対しても有効だ。だが気体を完全に遮断してしまうと、狭いシールド内部はすぐ酸素不足に陥ってしまう。それを防止し、術者がシールドを張ったまま戦闘を続けられるように工夫されたのが選択的透過性だ。リアクティブ・アーマーのシールドは呼吸に最適な成分比の酸素・窒素混合ガスを透過し、二酸化炭素を排出する。酸素・窒素混合ガスの透過は双方向だが、二酸化炭素は排出の一方向にしか通さない。

ただ余りにも多機能化した為、肝腎の再展開回数が伸びずに特攻兵としての完成が断念されたのは皮肉と言うべきか。――もっとも遼介や彼の父親にとっては、幸いだったと言えるかもしれない。

その個体魔法装甲を纏って、遼介は真由美の許へ駆け寄る。

ガスマスクの不審者——進人類戦線のメンバーが先行していたが、真由美に触れようとするそのメンバーを蹴り飛ばして遼介は真由美を背中に立ちはだかった。

抱き上げることはしない。

できない。

リアクティブ・アーマーは個体装甲魔法。術者のみを守り、術者以外を拒絶する。——拒絶と言っても触れる者全て傷つけるというような、ヤマアラシ的なものではない。中に入れないというだけだ。

シールド越しに人を抱え、物を持つことはできる。だがシールド越しでは触覚が得られないから、力加減が分からない。

またシールドは固体を通さない。運動量消去ではなく排他的物質制御だ。シールドの外部からすれば、一切変形することのない透明な金属板の鎧を纏っている状態に近い。リアクティブ・アーマーを展開したまま人を抱え上げて力を入れすぎたりしたら、抱え上げられた方は痛いだけでは済まないかもしれない。

相手のことを考えなくても良いのであれば、担ぎ上げることくらいはできる。だが乱暴に扱えない女性に、たとえ危険から遠ざける為であっても、怪我をさせるかもしれないような真似はできなかった。

「■■■■■■■■！」

進人類戦線のメンバーが「邪魔をするな！」と喚きながら特殊警棒のような武器で殴り掛かってくる。

ガスマスク越しの声はくぐもっていて、遼介には理解できなかった。

「何を言っているのか分からん！」

そう言い返しながら遼介は、振り下ろされる警棒を前に掲げた左腕前腕部で受け止める。

加重系魔法を併用したその一撃は、見た目よりも遥かに重かった。普通に受け止めれば、最低でも骨折は免れなかっただろう。下手をすれば腕が潰れ、千切れる威力を有していた。

だが遼介は全くダメージを受けていなかった。重圧を伴う打撃を受けた左腕が、わずかに下がっただけだ。

個体装甲魔法リアクティブ・アーマーは、受けた攻撃に対応して強化されていく魔法。実は慣性質量を増幅した警棒の一撃を受けて、遼介のシールドはいったん破れている。だがその次の瞬間に「運動量を増幅する魔法攻撃」に対する高い防御力を獲得してシールドは再展開されたのだ。

ガスマスクに隠れているが、警棒を打ち込んだ男はまだ若い顔に動揺を浮かべていた。だが進人類戦線は目的達成の為、各員が厳しい鍛錬に励んでいるのだろう。――その目的の妥当性や生産性は別にして。

進人類戦線の青年はすぐに、次の行動に移った。小さくステップバックし、今度は自分の身体ごと加重しながら踏み込み、再び遼介に警棒を振り下ろす。

だが。

今度は、受け止めた腕を微動だにさせることもできなかった。

遼介は警棒を打ち込んだ姿勢で固まった——自己加重魔法の副作用だ——青年の足を払った。

足払いと言うよりローキック。

青年の身体は腰を支点に四分の一回転して宙に浮き、仰向けの体勢で舗装された道路に落下した。

遼介は透かさず、追撃を行う。

ローキックをそのまま踏み付けにつなぎ、倒した男の鳩尾を抉る。

ガスマスクの奥から「グエッ!」という苦鳴を漏らし、青年は手足を一度、突っ張るように痙攣させて動きを止めた。弛緩した四肢は彼が気を失っているか、それに近い状態にあることを示していた。

仲間が倒されたことで進人類戦線は遼介を、真由美を連れ去るより先に排除すべき敵と認識したのだろう。四つの人影が遼介を取り囲んだ。全員がガスマスクを着けているが、体型から推測するに一人は女性だ。

彼らを見て遼介は「まずいな……」と感じた。

囲まれていることが、ではない。

襲撃者——進人類戦線がまだガスマスクを着けていることが。

（それだけ拡散しにくいガスを使ったということか……）

（だとしたら、七草さんは有毒ガスを吸い続けていることになる）

遼介にガスの成分を分析する知識と技能は無い。

（後遺症のリスクはどの程度なんだ⁉）

また、遼介は相手の正体を知らない。当然、その目的も分からない。

どうやらすぐに殺すつもりは無さそうだが、目的を達成した後の真由美の健康にまで配慮しているかどうかは不明だ。

（この状態で放置したら後遺症のリスクが高まるんじゃないか？）

このままの状態にしてはおけない。遼介はそう考えた。

彼は魔法が得意ではない。

余り得意ではない、ではなく。

はっきり言えば苦手——下手だ。

それも仕方が無いのかもしれない。彼は魔法を体系的に学んだ経験が無い。

魔法大学どころか魔法科高校にも通っていないし、実家でも魔法を使う訓練は受けていない。

数字落ちは日本魔法界のタブー的な存在。四葉家はその実力と「何をしでかすか分からない」という行動力で「触れてはならないもの(アンタッチャブル)」の異名を得ているが、数字落ち(エクストラ)は半世紀前の非人道性の象徴として触れることが禁忌(アンタッチャブル)となっている。俗な表現を使えば「思い出したくない黒歴史」扱いだ。

　魔法関係者の間では、数字落ち(エクストラ)に対する差別は軽蔑すべきこととされている。その一方で、数字落ち(エクストラ)を想起させるものは暗黙の了解で避けられていた。その名も、素性も、数字を剝奪される原因となった特殊な魔法も。

　だから遼介(りょうすけ)は、リアクティブ・アーマーが発動しないよう意識してコントロールする方法だけを父親から叩(たた)き込まれた。リアクティブ・アーマーが他の魔法と違いＣＡＤを使わなくても発動できる特殊な魔法であるが故に余計に厳しく、神経質に。

　もっとも、遼介(りょうすけ)のような若い世代の間では数字落ち(エクストラ)に対する禁忌感がほとんど無くなっているから、彼の父親の教育は間違っていたと言えるかもしれない。多分本人もそう考えて反省しているようで、遼介(りょうすけ)は知らないことだが七歳離れた彼の妹には、父親は教育方針を大きく転換している。

　しかし事実として十代の頃の彼は魔法師を志さなかったし、魔法教育を受けていなかった。彼は魔法ではなく武術の修行に没頭した。

　だから徹底的に制御を練習させられたリアクティブ・アーマー以外の魔法は満足のいくレベルでは使えない。レナに出会って、彼女の役に立つべく独学で魔法を学び、ＦＥＨＲ(フェール)の仲間たちから魔法を教わったりもしたが、未だに魔法は下手なままだ。

（それでもこの程度の魔法なら！）

遼介はリアクティブ・アーマーを維持したまま、『下降旋風』を発動した。

上空から引きずり下ろされた新鮮な空気の塊が地面に当たって外向きに渦巻く風となり、滞留していたガスを吹き飛ばした――はずだった。

遼介がチラリと背後を見る。髪がぐしゃぐしゃに乱れた真由美に起き上がる気配は無い。周りから有毒ガスが無くなったからといって、そう簡単に影響が抜けてしまうものでもないのだろう。彼としては、状況が改善したと信じる以外にない。

遼介が目を逸らしたわずかな隙を進人類戦線は見逃さなかった。左右から遼介に向かって二本のロープが投げつけられる。いや、それはロープではなく細い鎖だった。一定間隔で小さな錘がついている。

その武器は魔法師用に作られた『自在鎖』と呼ばれる携行武器だった。錘の一つ一つに細かく加速系魔法を作用させることで、鎖を生き物のように操る。魔法的なパワーは余り必要無いが、扱いにテクニックを要する武器だった。

進人類戦線の二人はそのテクニックを十分に持っていたようだ。うねる鎖は遼介の両腕に巻き付いて彼の動きを封じた――かに、見えた。

（この程度！）

こんな状況は武器術の修行で何度も経験している。彼が高校時代に教えを受けた何人もの武術家の中に「捕り縄」の技術を受け継ぐ老人がいた。その師が操る縄の動きはもっと複雑で精緻だった。

（少なくとも、こんなに隙間のある縛り方ではなかった！）

遼介は右腕を何度か細かく、複雑に振った。それは一見、自棄になって無茶苦茶に腕を振り回しているようだったが、実は武術の理に則ったものだった。

無論、進人類戦線の術者も黙って見ていたわけではない。鎖についた錘に魔法を作用させて遼介の動作を止めようとした。

だが鎖は個体装甲魔法のシールド表面に巻き付いている。そこは遼介の魔法が作用している空間だ。リアクティブ・アーマーに作用している遼介の事象干渉力に阻まれて、進人類戦線の魔法は鎖の錘に届かなかった。

遼介の右腕に巻き付いていた鎖が緩み、外れる。

遼介は左腕に巻き付く鎖を持っている男へ向かって勢い良く跳んだ。

三メートルの距離を一気に詰め、鳩尾に右拳を叩き込む！

リアクティブ・アーマーを纏ったことで誇張抜きに鉄拳の強度を獲得していた遼介の拳は、一撃で男を昏倒させた。

その時、まだ立っている三人の内の一人から強力な魔法の気配が放たれた。

遼介のリアクティブ・アーマーに匹敵する魔法力が放たれる。

遼介の魔法のように狭い空間に凝集するのではなく、少なくとも半径十メートルはあろうかという広い空間を魔法の力が満たす。

魔法が作用しようとしている空間の中心は真由美で、遼介もそのテリトリーに含まれている。彼の魔法装甲を侵食するほどの干渉力はない。その代わり、リアクティブ・アーマーのシールドごと彼を呑み込んでいた。

黒い煙が生じた。

視界がたちまち煙に覆われる。

敵の魔法によるものだと遼介は直感的に理解した。

そしてこの黒煙はただ視界を遮るだけのものではない、とも直観した。

リアクティブ・アーマーの内部には、黒煙は侵入していない。

だが真由美はこの黒煙に、まともに曝されている。

（――っ。もう一度！）

遼介が下降旋風を発動する。

真由美目掛けて吹き下ろした風は黒煙を吹き飛ばした。――一時的に。

だが黒煙はすぐに復活して真由美の身体と遼介の視界を覆う。

（クッ……、もう一度だ！）

遼介の身体を覆うシールドが飛来した銃弾を跳ね返す。この煙幕の中でも、敵には誰が何処にいるのか正確に分かる術者がいるようだ。

遼介は銃撃を無視して三度、下降旋風の魔法を実行した。

しかしそれは、繰り返しにしかならなかった。再び濃度を増す黒煙の中、遼介は真由美の側へ駆け寄った。

そしてもう一度、魔法で黒いガスを吹き払う。

視界が晴れた直後、遼介はリアクティブ・アーマーを解除した。

真由美の側には、最初に仕留めた男が仰向けに倒れている。

遼介はその者からガスマスクをむしり取って、自分ではなく真由美の顔に着けた。

これ以上、真由美が有毒ガスに侵されることはないと一息吐く。

――それは、大きな油断だった。

再びリアクティブ・アーマーを展開するより早く、遼介の首に自在鎖（フレキシブルチエーン）が巻き付いた。

彼は己の肉体に密着する位置にシールドを形成できない。遼介が個体装甲魔法を発動するには、地面を踏みしめている足の裏を除く身体の周りに、少なくとも三センチ以上の隙間が必要だ。

身体に接触しているのが液体ならともかく固体では、それを完全に取り込む形でしかリアクティブ・アーマーを展開できない。しかし個体装甲のシールドは最大で、身体から三十センチの位置に構築するのが限度。三メートル以上の長さを持つ鎖をカバーするのは、この魔法の性質上不可能だ。リアクティブ・アーマーはシールドを展開し終えてから戦闘に突入する魔法なのである。

鎖を操る術者を倒して状況を打開しようと遼介（りょうすけ）は考えた。

だが鎖は伸ばされた状態に固定されていて、術者に近付くことができない。

黒煙が濃度を増し、遼介（りょうすけ）を呑（の）み込む。

目を閉じ、息を止める遼介（りょうすけ）。だがそれ以上できることはなかった。

――万事休す。

――彼が諦め掛けた、その時。

――吹き下ろす疾風が、黒煙を全て吹き散らした！

遼介（りょうすけ）の魔法とは比べものにならないくらいに強力な『下降旋風』。

思い掛けない展開に術者が驚きに囚（とら）われたのか、遼介（りょうすけ）の首に巻き付いた自在鎖（フレキシブルチェーン）が弛（ゆる）む。

彼は手で鎖を外し、晴れた視界の中でリアクティブ・アーマーを再発動した。

敵は激しい動揺の気配を漏らしながら、辺り一帯を覆う魔法の黒煙を産み出そうとする。

しかし。

その男だけでなく、自在鎖(フレキシブルチエーン)を持つ男と銃を構えた女を含めた敵全てをドライアイスの弾幕が襲う。

弾幕は無差別に見えて手足だけを正確に照準していた。

自在鎖(フレキシブルチエーン)の男性と拳銃の女性が手足から血を流して倒れる。

血は噴き出すという程ではない。長袖、足首丈の服に滲(にじ)む程度。おそらく彼らが着ている服には簡単な防弾機能もあるのだろう。骨も折れている風には見えない。だが着弾の衝撃は二人に大きなダメージを与えていた。二人とも起き上がるどころか、這(は)いずって逃げる素振りも無い。

黒煙を生み出した術者だけはドライアイスの弾幕に耐えた。だが左右の腕に数カ所、血が滲(にじ)んでいる。魔法障壁で防いだわけではなさそうだ。おそらく、服の防弾性能が他の二人よりも高かったのだろう。また、単純に我慢強かったというのもあるようだ。

遼介(りょうすけ)は一瞬、振り向きたいという衝動に駆られた。今の弾幕は多分、いや、間違いなく真(ま)由美(ゆみ)によるものだ。

七草真由美(さえぐさまゆみ)の異名は『エルフィン・スナイパー』。彼女がドライアイスの銃撃を使うのは有名な話で、日本魔法界と余り交流がない遼介(りょうすけ)の耳にも届いていた。

その技術は噂よりもずっと高度なものだ。空気中に〇・一パーセントのさらにその半分以下しか存在しない二酸化炭素からあれほど大量のドライアイスを作り出すのだから、そのキャパシティと事象干渉力も遼介の想像を超えている。

(これが十師族か……)

遼介はそんな、称賛と嫉妬が入り混じった感慨を覚えていた。

だが振り返りたいという衝動と嫉妬その他諸々の感情を抑え込んで、遼介は黒煙の術者に突進した。

遼介は魔法攻撃が自分に向かって放たれたのを感じた。

しかし彼は、足を止めない。防御姿勢すらも取らない。

人生の重荷であることの方が多かったエクストラの魔法を、

今は、信じて。

遼介は一直線に、拳を突き出した!

個体装甲に包まれた遼介の拳が相手の魔法シールドを突き破り、

黒煙を生み出していた魔法師の、鳩尾を抉った。

男が、声も無く崩れ落ちる。

俯せに倒れて道路に顔をぶつけた衝撃で、男の顔からガスマスクが外れる。

「こいつは……？」

その横顔に、遼介は見覚えがあった。

深見快宥。先日彼の部屋に押し掛けてきた、「二」の数字落ちを名乗った男だった。

「……遠上さん」

遼介は背後から妙にくぐもった声で、遠慮がちに話し掛けられた。

普段聞いている声とは違うが、それでも真由美のものだと分かる。

遼介は振り返り――、危うく噴き出すところだった。

真由美はガスマスクを着けたままだった。お洒落なレディススーツと無骨なガスマスクの組み合わせが実にアンバランス、いや、シュールだ。

引き攣った遼介の顔を見て、彼女は自分の状態に気付いたのだろう。真由美は慌ててマスクを外した。

「あ、あの」

ガスマスクを片手に持ったまま恥ずかしそうな赤い顔で、真由美は遼介の返事を待たずに言葉を続けた。

「助けてくれて、ありがとうございました」

そう言って、真由美は丁寧に頭を下げる。

改めて御礼を言われたのが、遼介は少し気恥ずかしかった。

だからといって黙っているわけにもいかない。

「えっと……怪我はありませんか。ご気分はどうです？」

遼介は何とか、無難なセリフを捻り出した。

「怪我はありません。気分も……」

ここで真由美が、小首を傾げる。赤らんでいた顔は、いつもの色に戻っていた。

「何事も無かったみたいに、そ……いつもどおりです」

真由美が言い掛けて止めた言葉は「爽快」。仕事帰りで疲れてはいるがいつもどおりという意味で彼女は言い直したのだった。

「そうですか。効果がすぐに抜ける薬物だったのでしょうか。それにしてもそんなに短時間で効果が切れるガスなんて……？」

遼介が不思議そうに首を捻る。

彼のセリフは後半が独り言になっていた。

「いえ……」

だから真由美ははっきりした形で遼介の疑問に応えを返さなかった。ただ彼女の中には、別の答えがあった。それは真由美の表情に表れていたが、自分の疑念に没頭している遼介は気付かなかった。

◇　◇　◇

真由美が進人類戦線に襲われたのは魔工院の社宅前。

実はその一部始終が社宅の監視カメラに収められており、中継された映像は四葉家東京本部でリアルタイムに視聴されていた。

「どうやら決着したようね」

「進人類戦線のメンバーはもうすぐ警察が引き取りに来るでしょう」

リーナの呟きに亜夜子が耳聡く反応する。

「警察はもう動き出しているの？」

それを聞いて深雪が亜夜子に質問した。

「少し前に通報しました。こちらの準備が調いましたので」

「準備は文弥君が？」

「はい、予定どおりに」

亜夜子が人の悪い微笑みを浮かべる。

「ワタシたちが襲撃計画を摑んでいたと知ったらマユミ、怒るでしょうね」

リーナも似たような表情で笑っていた。

「いざという時の備えは万全でしたし、結果的に実害は残らなかったのですから。問題ありませんわ」

リーナの本気が感じられない非難に、澄ました口調で亜夜子が嘯く。

「実害は無かったと言うけれど、あのガス、実は結構やばいものだったんじゃなかった？」

「大丈夫ですよ。普通の治療でも一ヶ月もすれば後遺症は消えるはずでしたから」

亜夜子のセリフは、かなり人でなしなものだ。

ただ、彼女は真由美と付き合いがない。目的の為に必要となれば、そして黒羽家の性質を考え併せれば、他人に対して薄情になるのも仕方が無いのかもしれなかった。

亜夜子が口にしたこの後の予定では、遼介が倒した五人に加えてリーダーの呉内杏を除く進人類戦線のメンバー十八人も、魔工院の社宅の近くに駐まっている小型バスの中で発見される手筈になっている。

「まあ、結果的に何も無かったのだしね……。マユミを治したのはタツヤなんでしょう？　気を失っていた彼女があんなにいきなり戦闘に参加できるなんて、タツヤの魔法以外に考えられないもの」

「達也様も巳焼島で同じ映像を御覧になっているはずよ」

リーナの質問に、深雪はただそう答えた。

◇　◇　◇

「この場を離れるぞ。急げ！」

魔工院の社宅から少し離れた路上では、文弥が撤収の指揮を執っていた。

部下たちは皆、黒服に黒メガネ。文弥は明るい色の高級スーツに、上げ底の革靴、高級ブランドのサングラス。一見、古典的な暴力業者のスタイルだ。

ただでさえ善良な市民を寄せ付けない格好だが、今は、辺りに人影が無いのはその所為ではない。

文弥が高級国産自走車に乗り込む。高級だがタクシーにも使われているセダンで、走っている姿を比較的頻繁に見掛ける。車種だけで特定される恐れは少ない車だった。

その近くには小型貸切バスが駐まっている。中にいるのは意識の無い進人類戦線のメンバー十八人。飛騨高山で文弥たちが捕らえて、いったんこの伊豆半島の内陸に造った私設監獄に収容していた者たちだ。全員、自分たちが用意した有毒ガスを誤って吸い込み気を失っているという設定だった。

「若、後片付けが終わりました」

助手席に座る黒服の報告を鵜呑みにするのではなく、文弥は自分でも通行人を遠ざけていた結界が解除されているのを確認した。

「よし、出発」

黒羽家の工作部隊を乗せた三台のセダンが走り去る。

警察がやって来たのは、その五分後のことだった。

警察は魔工院の前、真由美が襲われ遼介が戦った現場に事件発生から十分足らずで駆け付けた。正確に言えば、警察がやって来たのは、遼介が深見快宥を倒した八分後のことだった。

遼介と真由美は二人とも、自分たちの潔白を示す為に自ら警察に通報しその場で待っていた。

そして現在、午後九時過ぎ。

「うーん……。ようやく解放してくれましたね」

警察署から出てきた真由美は大きく伸びをしながら、疲れた笑顔で遼介に話し掛けた。

二人が署に連れて行かれたのは午後六時半前後。事情聴取が二時間以上続いていた計算になる。これが長いのか短いのか、真由美にも遼介にも判断がつかない。二人とも容疑者として聴取を受けるのは初めてだった。

社宅の管理会社から提出された監視カメラのデータで真由美が襲われ遼介が助けに入った

ことは、比較的すぐに証明された。だが過剰防衛を疑われたのだ。

遼介に殴られた男たちは骨折だけでなく内臓にも傷を負っていた。真由美の銃撃を受けた男女は傷口が重度の凍傷になっていた。確かに過剰防衛を疑われても仕方がないところだ。

それに加えて真由美にガスの後遺症がないことも話を厄介にした。カメラに黒煙は映っていたが、ガスの危険度が重傷を負わせる程のものだったと警察は納得しなかったのだ。

路面から採取された残留物から重い後遺症を残す可能性の高いガスが使われたと判明し、また七草家の顧問弁護士とメイジアン・カンパニーの顧問弁護士による警察への働き掛けもあって、二人はこの時間にやっと解放されたのだった。

なお近くで発見された、小型バスの中で気を失っていた十八人は当初何らかの犯罪の被害者と思われていた。だが記憶障害を残す有毒ガスの容器が車内で発見されたことから、意識が戻り次第犯罪者の可能性も念頭に置いた取り調べを受けることになっている。

「ええ……。こんな時間になるとは思いませんでした」

遼介が腕時計を見て、げんなりした声を出した。家事はほとんどホームオートメーション任せだから自炊が面倒ということはないが、今夜はもうシャワーだけ浴びて寝てしまおうかという気分になっていた。

「――遠上さん、このまま外で食べていきません？」

唐突に真由美が、そんなことを言い出した。

「外食ということですか？　私と？」

半信半疑で訪ねる遼介（りょうすけ）に、真由美（まゆみ）は笑顔で頷（うなず）く。

「はい。今日助けてもらった御礼（おれい）にご馳走（ちそう）させてください」

「えっ、いえ、良（い）いですよ、そんな。さっきは私も危ないところを助けてもらいましたし……」

奢（おご）らせて欲しいという真由美（まゆみ）の申し出を、遼介（りょうすけ）は慌てて辞退した。

「……私と一緒はお嫌ですか？」

しかし寂しげな顔でそう言われて、

「い、いえ！　いえいえ！　決してそんなことは」

遼介（りょうすけ）は焦（あせ）り、もっと慌てふためいた。

「では、ご一緒していただけるんですね？」

「は、はい！　喜んで」

こうして遼介（りょうすけ）は、真由美（まゆみ）と社宅近くのレストランでディナーを共にすることとなる。

……小悪魔の面目躍如と言うべきだろうか。

結局遼介（りょうすけ）は真由美（まゆみ）と同じレストランに入り、食事代を彼女に負担してもらった。

なお二人とも大人らしく食前酒（アペリティフ）と食後酒（ディジェスティフ）を嗜（たしな）みそれなりに酔ったが、同じベッドに入る展開にはならなかった。

◇　◇　◇

真由美と遼介がまだ警察で無実の証明に追われていた午後八時半。

達也は四葉家東京本部ビルのＶＩＰ用レストランで真由美たちより一足先に、遅めの晩餐の食卓を囲んでいた。ここはその名のとおり四葉家のＶＩＰとその同伴者のみ利用可能な一種の会員制レストランだ。

同じテーブルを囲んでいるのは達也、深雪、リーナ、文弥、亜夜子の五人。

この面子での食事を決めた二日前、深雪と亜夜子が「自分の手料理をご馳走したい」と譲らなかった為、今回はこのレストランを利用することにしたのである。

全員が食前酒を空にした後――文弥と亜夜子は明日が二十歳の誕生日なので厳密には未成年だが、二人とも仕事柄飲酒は初めてではない――達也が他の四人に「二時間前の映像は見たか？」と訊ねた。

「はい。私とリーナと亜夜子さんは一緒に見ました」

「僕は見ていませんが、状況は知っています」

達也の質問に深雪と文弥が続けて答える。

なお「二時間前の映像」というのは、真由美と遼介が襲ってきた進人類戦線の残党を倒した際の映像だ。

「そうか」

達也が頷いた直後にオードブルが運ばれてきた。

全員の前にオードブルの皿が揃ったところで達也が話を再開する。

「レナ・フェール宛のチャンドラセカール博士の親書を遠上に届けさせる件だが、リーナに同伴してもらうのではなく七草さんにお願いしようと思う。意見を聞かせてくれ」

「ワタシは行かなくて良いの？」

達也の言葉にリーナが真っ先に反問する。

「リーナには遠上に分からぬよう、陰から見張ってもらおうと思っている」

達也の答えにリーナは「そっか……分かった」と拍子抜けした口調で頷く。

「なんだ。達也さんも遠上遼介のことは信頼できないとお考えだったのですね」

亜夜子がリーナに続く。

今度はリーナが、亜夜子のセリフに「そうそう」という感じで首を縦に振っている。

遼介に対する二人の評価は「信頼できない」で一致しているようだ。

「でも、今日は中々立派な戦い振りだったと思うけど？」

二人に異を唱えたのは文弥だ。

「自分がダメージを受けるリスクを冒して七草さんにガスマスクを着けてあげたんだよね？

仲間に対する助け合い精神は中々のものと言えるんじゃないかな？」

「あれは助け合いとか仲間思いとかじゃなくて、無謀で甘いだけよ」

亜夜子が文弥に反論する。

「それでも、我が身の危険を顧みず仲間を助けようとして行動したのは確かだ」

「文弥君は遠上さんが信頼できると思っているの？」

亜夜子に再反論した文弥に、深雪が問い掛けた。

「信頼してやっても良いと思っています」

「彼はFEHRのスパイよ？」

これはリーナの指摘。

「彼はそういうものだと僕たちが忘れなければ問題無いよ。何も全面的に信頼すると言っているんじゃないんだから」

「そうだな」

ここで達也が口を挿んだ。

「ただ、そもそも信頼できるとかできないとかの話ではない。遠上を使者に立てるのは、この件に関してあいつが使えるからだ」

「……裏切られるかもしれないのは、計算の内だと？」

亜夜子が戸惑いを隠せぬ口調で達也に訊ねる。

「裏切りも何もない。遠上は最初からＦＥＨＲの人間だ」

「……だったら何故、遠上さんを使うのですか？」

質問者が深雪に代わった。

「ソサエティとの提携がＦＥＨＲにとっても利益になるからだ」

達也の答えは明快だ。ＦＥＨＲの利益になるから、遼介は役目を忠実に果たす。それが彼を選んだ理由だった。

「じゃあ何故、ワタシを監視に付けるの？」

リーナの質問は揚げ足取りではなく、本当に疑問を覚えてのものだった。

「監視じゃない。見張りだ」

「……何が違うのかしら？」

「ソサエティとＦＥＨＲの提携が邪魔される恐れがあるとお考えなのですか？」

深雪のセリフは、達也に対する質問であると同時にリーナの問い掛けへの答えでもあった。

「七草さんに同行してもらうのは日本の当局――政府や軍や魔法協会の横槍を防ぐ為。リーナに見張っていてもらうのはＵＳＮＡ国内勢力の干渉に対処する為だ」

達也の答えにリーナが納得の表情を浮かべた。

「そういうこと……。オーケー、タツヤ。でもその間、深雪の護衛はどうするの？」

「今回は親書を渡すだけだ。そんなに時間は掛からないと思う。その間は俺が深雪の側についていよう」

　そのセリフを聞いて、深雪が目を輝かせる。

「リーナ、久し振りのアメリカでしょう？　ゆっくりしてきて良いわよ」

　深雪の言葉は表面的にリーナを気遣ってのものだったが、彼女の本音は達也を含めた全員に明らかだった。

　食卓が笑いに包まれる中、ウエイターが次の料理を運んできた。

　暖かな笑いが創り出した楽しい雰囲気は、ディナーの最後まで食卓を照らした。

[14] 進人類戦線(その後)

六月十一日、金曜日の夕方。

遼介は魔工院を早退して警察署に来ていた。

早退と言っても魔工院の勤務形態はスーパーフレックスだから単に「いつもより早い時間に勤務を終えた」というだけの意味だ。ただ遼介は規則で強制されなくても、普段「朝に出勤して夕方に帰宅する」生活リズムを守っている。今日に限っていつもより一時間以上早く事務所を出たのは、昨日警察に呼び出されたからだった。

一昨日社宅の前で真由美が襲われた件については、過剰防衛の容疑はもう晴れている。今日の呼び出しは遼介に対する取り調べではなく、事件解決に協力して欲しいという依頼だった。

一昨日散々やり合った——もちろん口頭で——若い刑事が出てきて、遼介を面会室に案内する。今時珍しくデジタルな面会室ではない。透明なシールドを挟んで容疑者と向かい合う昔ながらのスタイルだ。ただ、シールドに隙間が無く針も通らない点が昔とは違っていた。それだと声も遮られそうだが、その点は素材の進歩で解決している。

透明なシールドの向こう側には既に、遼介と同年代の青年が座っていた。会うのはこれで三度目だ。名前は深見快宥。「二」の数字落ち。彼が進人類戦線という組織のサブリーダーだということは昨日、若い刑事とコンビを組んでいた年上の女性刑事に教えてもらった。

遼介が呼ばれたのは、深見が彼と話をしたいと強く求めたからだった。遼介と話させてもらえなければ訊問には応じない、と言ったらしい。刑事を相手にこのセリフ。犯罪組織の幹部だけあって大した度胸だと、それを聞いて遼介は思った。

自分の立場を悪くするような要求までして、一体何を話したいのだろうか。遼介はそんな興味を持った。彼が快く警察の要請に応じたのはその為だ。

「遠上……」

遼介の入室に気付いた深見が顔を上げる。

彼は最初に会った時と違い「遠上さん」とは呼ばなかった。あの時の気弱な態度は演技だったのか、今はむしろ尊大で神経質に見える。——もしかしたら、今の方が虚勢を張っているのかもしれないが。

「俺に話があるそうだな」

遼介が腰掛けながら話し掛ける。深見は落ち着いていた。少なくとも遼介の顔を見て暴れ出すような気配は無かった。

「訊きたいことがあったのですよ」

丁寧語を使っていても、尊大な印象は変わらない。言葉遣いはある程度丁寧だが、偉そうな口調だ。

「訊きたいこと？」

「ええ。今後の為にね」

遼介が眉を顰める。

「今後と言われてもな。俺は日本でもアメリカでも服役した経験なんて無いから、刑務所暮らしのアドバイスなんてできないぞ」

このセリフは無論、ジョークだ。だが深見が実刑判決を受けるのは確実。魔法師犯罪者に執行猶予が適用されることはほとんど無い。都市伝説じみた噂だが、刑期が終わって社会復帰した例もほとんど無いという。深見に「今後」があるとは思えなかった。

「アドバイスなんて要りませんよ。どうせ役に立ちませんから」

まるで刑事施設に収容されてもすぐに出てこられるような口振りだ。

「それは……いや、何でも無い」

遼介はその意味を訊ねようとして、止めた。深見の背後には司法をねじ曲げる程の有力者が控えているのかもしれないが、自分には関係の無いことだと彼は考えたのだった。

「それで？　アドバイスでないのなら、何が訊きたい」

「遠上。貴方は私たちを取り巻く社会環境に絶望を感じないのですか？」

遼介がピクリと眉を動かす。だが感情の動きが露わになったのはそこだけだった。激しい感情は彼の表情筋から、むしろ遠ざけられた。

「何に対する絶望だ？　心当たりが多すぎて分からないな」

遼介の応えに、深見が「フッ……」と鼻で笑う。

「つまらない冗談です」

「冗談を口にしたつもりはない」

遼介は声と表情に不快感を露わにした。実際、絶望した経験など思い出せるだけで数え切れない。軽々しく「絶望を感じた」などと口にする気も起きない程に。

「失礼しました。訊き方を変えましょう。貴方は数字落ちの境遇を理不尽だと思いませんか？」

「思っている」

遼介は考えるまでもなく即答した。答えた後で「何故そんな分かり切ったことを訊く」という怒りすら脳裏を過った。

「それに対して、貴方は抗議行動を起こしましたか？」

深見が続けた質問に、遼介は首を横に振りながら一言「いいや」とだけ答える。

「抗議しなかったのは、声を上げても無駄だと絶望していたからではありませんか？」

「そうだ」

深見の決め付けを認めることに、遼介は抵抗を覚えなかった。

現代の日本魔法界において、数字落ちに対する迫害は禁止されている。数字落ちに対する差別は少し前から恥ずべきこととされている。今では数字落ちであることを思い出させさえしなければライセンスを取って、魔法師として身を立てることもできる。

　その一方で数字落ち（エクストラ）の得意魔法は魔法界に受け容（うい）れられていない。認めてもらえるのは「数字を剝奪された理由の魔法」以外の魔法だけ。確かに得意魔法以外の魔法を磨けば他の魔法師と同じ待遇が得られる。だが同じ分野の技術でありながら、一番得意なものを認められないのは明らかなハンデだ。

　しかしこの事実を以（もっ）て「数字落ち（エクストラ）に対する差別はまだ続いている」と訴えたところで、黙殺されるのが落ちだ。何故（なぜ）なら、圧倒的な少数派である数字落ち（エクストラ）以外は誰も困らないからだ。それが分かっているから、遼介（りょうすけ）は試してみる気にもなれなかった。

「魔法師の人権侵害についてはどうです？　許せないとは思いませんか？」

「ああ、思うね」

「でも貴方（あなた）は、何もしなかった」

「そうだ」

「行動を起こしても無駄だと思った？」

「ああ」

　魔法資質保有者（メイジアン）と魔法資質を持たない多数派（マジョリティ）一般人の関係も、数字落ち（エクストラ）と一般の魔法師の関係に似たところがある。メイジアンが人権侵害を訴えても「マジョリティには影響が無いから」あるいは「マジョリティが区別を求めているから」と無視されてしまう。

少数派が幾ら声を上げても、世論を動かせなければ何の成果も上げられない。

これはメイジアンに限ったことではなかった。

「遠上。貴方は正しかった。それが正解です」

そう言った後、深見の目が急にギラつきを帯びた。

「ですが私は、その絶望に身を任せなかった！　間違いを正すべく世論に訴えました！」

深見の声は、火口から噴き出す瘴気に似た毒々しい熱を帯びていた。

「そして、やはり無駄でした！　人々はそれがどんなに正しかろうと、何の力も実績も無い者の声に耳を貸そうとはしない」

「力は実績によって知られるもので、実績は作るものだ」

遼介は深見の思い違いを指摘した。「世論を動かした」という実績は声を上げ続けることによって作られるもので、それを見て人々は社会を動かす力があると認める。

「そのとおりです！」

何を思ったのか深見は自分に対する苦言、あるいは皮肉に、大きく頷いた。

「だから私たちは実績を作ることにした！　合法的な手段で実績を作る力が無いなら、法をある程度犯すこともやむを得ない！」

「力が無ければ、そうかもしれない」

遼介の言う「力」は、深見が口にしている「力」とはきっと別のものだ。だがそこまで説明する義理を、遼介は感じなかった。

「遠上。貴方は何故そうしなかったのです？　何故私たちの邪魔をしたのです？」

「今は世間に示せる実績が無くても、俺は犯罪という手段を選ばない」

「無力で、何もできないままでもですか⁉」

「そうだ」

「何故です⁉」

興奮し、叫びながら立ち上がる深見。

背後に控えていた警官が、深見を羽交い締めにする。

深見は警官の拘束を振り解こうと激しくもがいた。

「——あの人がそれを望まないからだ」

だが、穏やかでありながら揺るぎの無い遼介の答えを聞いて、深見は急に暴れるのを止めた。

「……そうですか。貴方はその人物の奴隷なのですね」

「あの人はそんなことを望まないが、俺は奴隷でも構わないと思っている」

深見は憑き物が落ちたように大人しくなった。

「……遠上。もう貴方と話すことはありません。再び会うことも無いでしょう」

「会いたいとも思わないがな」

深見からそれ以上の言葉は無かった。

遼介は彼をここに連れてきた刑事に振り向き、彼が頷くのを見て面会室を後にした。

六月十二日、土曜日。達也が将輝を晩餐に招いた。

場所は四葉家のビルではなく伝統ある都心の料亭。政治家が密談に使うことで一部の人間には有名な店だ。

達也は一人ではなく深雪を連れていた。だがそれで将輝との交渉で楽をしようという意図は無かった。そんな風に考えるのは、将輝だけでなく深雪にも失礼だろう。

現に、将輝は深雪に酒を勧められお酌をされても、それで自分の立場を見失うことはなかった。判断力を鈍らせるようなこともなかった。

「……つまり四葉家は、進人類戦線のリーダーを偶然捕まえたと言うのか？」

「そうだ。十六夜家当主の弟の屋敷にリーダーの呉内杏が身許を隠して潜伏しているという情報を、然る御方から頂戴した。訊問したところ糸魚川の博物館や飛騨高山の発掘現場を襲った進人類戦線のリーダーに間違いないと分かった」

「然る御方？」

「そう、十師族がそのご意向を無視できない方々のお一人からだ」

どうやら将輝は元老院のことを知らされていないようだと、彼の反応を見て達也は思った。

ただピンとは来なくても、細かく追求してはならないことだと将輝は察したようだ。情報の出所については、それ以上の質問を彼はしなかった。

「十六夜家がグルだったのか？」

その代わり、彼はこう訊ねた。

「残念ながら、十六夜家と進人類戦線が共謀関係にあったという証拠は見つかっていない。どんなに怪しかろうと、証拠も無しに手出しはできない」

「四葉家でもか？」

「………………」

「……すまん。失言だった」

将輝の一言は、四葉家を無法者集団扱いするのも同様の発言だった。

それを達也に無言で責められて、将輝は素直に頭を下げる。

「いや、俺も軽率だった。十六夜家のことは聞かなかったことにしてくれ」

そういう言い方で、達也は将輝の謝罪を受け容れた。

「分かった」

「それで、捕まえた進人類戦線リーダーの身柄だが。彼女を一条家に預けたい」

この申し出を聞いて、将輝は訝しげに眉を顰めた。

「何故、家に？　このまま四葉家の手柄にすれば良いのではないか？」

将輝がそう問い掛けた直後、「お連れ様がご到着されました」と部屋の外から声が掛かった。

「お通しください」

達也はすぐにそう答えた。

「俺以外にも誰か招いているのか？」

将輝が問うのと、襖が開いたのは、ほぼ同時。

「すみません……。遅くなりました」

謝罪しながら入ってきた人影は、真由美だった。

「いえ、お気になさらず。今夜はメイジアン・カンパニーの理事としてではなく、四葉家の者として謝罪とご説明の為にお招きしていますので、堅くなる必要はありません」

そう言って達也は、真由美に将輝の隣を勧めた。

真由美の分の料理が運ばれてきてすぐ、将輝が「どういうことだ」と達也に訊ねた。

その質問には直接答えず、達也はまず身体ごと真由美と向かい合い「七草さん、先日は巻き込んでしまいまして申し訳ございませんでした」と彼女に謝罪した。

「……いえ、司波さんや四葉家が悪いわけではありませんから」

真由美は小さく頭を振った。

「恐縮です」

達也はもう一度、深雪と一緒に頭を下げる。

そして体勢を元に戻し、将輝に顔を向けた。

「実は先日、進人類戦線の残党に七草さんが襲われた。そいつらは警察に捕まっているが、どうやら我々が捕らえたリーダーを解放させる為の人質にするつもりだったようだ」

「そんなことがあったのか……」

将輝が真由美に目を向ける。

真由美は事実を認める意味を込めて目で頷いた。

「そいつらは『これで全員』と言っているが、本当かどうか分からない。今、メイジアン・カンパニーには七草さん以外に八代隆雷さんにも働いてもらっている。これ以上、十師族の他の家に迷惑を掛けるのは避けたい」

「それでリーダーを一条家に引き渡してしまおうと……？」

将輝が「なる程」という表情を浮かべる。

「進人類戦線が引き起こした事件は、糸魚川の博物館の事件から一貫して一条家の管轄だ。やむを得ない経緯からリーダーは四葉家で捕らえることになってしまったが、軍への引き渡しは一条家に頼みたい」

達也が嘘八百を並べて将輝を説得する。

ただこれは、一条家も得をする話だ。何より国防軍に対する面子が立つ。達也の言葉を疑う根拠も理由も動機も、将輝にはなかった。

「――分かった。そのリーダーの身柄は一条家で預からせてもらう」

「頼む。それから、七草さん」

達也が再び、身体ごと真由美に向き直る。

「四葉家は進人類戦線リーダー捕縛の功績を放棄することで、七草家に対するけじめにしたいと考えています。どうか、それでご納得いただけませんか？」

最初から達也を責める意思は、真由美には無い。だが彼女は同時に、自分たちのような人間は「けじめ」を無視できないということも理解している。

「分かりました。七草家長女として、けじめを受け容れます」

真由美も丁寧に一礼を返した。

……こうして達也は、真夜に命じられた「捕らえた進人類戦線の厄介払い」のミッションを完遂した。

達也が真夜から命じられた任務は「虜囚とした進人類戦線を一条家に引き渡す交渉」である。実際の引き渡しはミッションに含まれていない。

その引き渡しも翌日の日曜日、四葉家と一条家の実務班同士の間で無事完了した。

一条家は呉内杏の身柄を、四葉家から引き取ったその翌日、国防軍に引き渡した。

国防軍は飛騨高山の陸軍キャンプ襲撃の容疑で呉内を取り調べたが、彼女が直接関与した証拠は見付けられなかった。

呉内杏の身分は文民だから軍法会議では裁けない。国防軍施設に対する襲撃の容疑で検察に起訴させる見込みを立てられなかった憲兵隊は、進人類戦線の取り調べをしている警察に彼女を引き渡した。

しかし警察も一連の事件に対する呉内の直接的関与を立証できなかった。彼女は一貫して犯罪現場に近付いておらず、教唆扇動の事実を示す証言も得られなかったのだ。

結局警察は七月に入り、彼女を釈放して秘密裏に監視するという消極的な対応に転じた。

そして呉内杏は、釈放されたその日に警察の監視を振り切り、まんまと行方を晦ました。

〈続く〉

あとがき

メイジアン・カンパニー第二巻をお届けしました。お楽しみいただけましたでしょうか。

突然ですが、作者はサンフランシスコに行ったことがありません。せいぜいハワイ止まりです。今回の話を書く為に現地の取材をと思ったのですが、残念ながらパンデミックの所為で叶いませんでした。……というのは嘘なんですが。パンデミックでなくてもそんな時間はありませんでした。誰ですか、「作家は自由業」なんて言った人は。

まあ、時間が足りないのは余っているよりもきっと良いことです。仕事があるということですから。

作家は請負業。原稿を書かなければ収入になりませんし、原稿を書いても出版社が受け取ってくれなければやはり、収入にはなりません。

作中にも書きましたが、「人は食べる為に生きているわけではないが、食べねば生きていけない」です。それっぽく言えば「人はパンのみにて生くるものに非ず。されどパン無くば生くることあたわず」でしょうか。

それに書くだけではなく、読むことにも時間を掛けなければなりません。最近はこれが不足していて、中々外に出る気になれません。我ながら引きこもり体質だなぁ、と思います。

今回、作中で主人公が先史魔法文明の存在に言及しました。私は先史文明を信じている口です。神話は先史文明の記憶を反映していると思っています。

まあ、信じているといっても「あったら良いなあ」程度のものですが。ぶっちゃけ、妄想ですね。学術的に先史文明の存在を証明するような情熱はありません。残念ながら、私はシュリーマンにはなれませんでした。

フィールドワークはおろか、文献を丁寧に読み解いていく根気も私にはありません。それよりも自分勝手にストーリーを創る方を選びました。こういうところは、昔から小説家的だったのかもしれませんね。本当は作家業の為にも、神話や伝承、昔の著作物は読み込んでおくべきなのでしょうけど。

今後も私の小説には妄想の産物である架空先史文明が登場すると思います。

何だか世の中がどんどん悪い方へ向かっているような気がします。これこそ作家の妄想であって欲しいです。暗黒時代の到来はフィクションの中だけに留まることを願っています。

それでは、ここまでお付き合いくださってありがとうございました。次巻はキグナスの第二巻になる予定です。次回もよろしくお願い致します。

（佐島　勤）

◉佐島　勤著作リスト

「魔法科高校の劣等生①〜㉜」（電撃文庫）
「続・魔法科高校の劣等生　メイジアン・カンパニー①②」（同）
「魔法科高校の劣等生SS」（同）
「新・魔法科高校の劣等生　キグナスの乙女たち」（同）
「魔法科高校の劣等生　司波達也暗殺計画①〜③」（同）
「ドウルマスターズ1〜5」（同）
「魔人執行官（デモーニック・マーシャル）　インスタント・ウィッチ」（同）
「魔人執行官（デモーニック・マーシャル）2　リベル・エンジェル」（同）
「魔人執行官（デモーニック・マーシャル）3　スピリチュアル・エッセンス」（同）

本書に対するご意見、ご感想をお寄せください。

ファンレターあて先
〒102-8177　東京都千代田区富士見2-13-3
電撃文庫編集部
「佐島 勤先生」係
「石田可奈先生」係

本書は書き下ろしです。

電撃文庫

続・魔法科高校の劣等生
メイジアン・カンパニー②

佐島 勤

2021年4月10日　初版発行

発行者　青柳昌行
発行　株式会社KADOKAWA
〒102-8177　東京都千代田区富士見2-13-3
0570-002-301（ナビダイヤル）
装丁者　荻窪裕司（META＋MANIERA）
印刷　株式会社暁印刷
製本　株式会社ビルディング・ブックセンター

ISBN978-4-04-913623-4　C0193　Printed in Japan

電撃文庫　https://dengekibunko.jp/

電撃文庫創刊に際して

文庫は、我が国にとどまらず、世界の書籍の流れのなかで〝小さな巨人〟としての地位を築いてきた。古今東西の名著を、廉価で手に入りやすい形で提供してきたからこそ、人は文庫を自分の師として、また青春の想い出として、語りついできたのである。

その源を、文化的にはドイツのレクラム文庫に求めるにせよ、規模の上でイギリスのペンギンブックスに求めるにせよ、いま文庫は知識人の層の多様化に従って、ますますその意義を大きくしていると言ってよい。

文庫出版の意味するものは、激動の現代のみならず将来にわたって、大きくなることはあっても、小さくなることはないだろう。

「電撃文庫」は、そのように多様化した対象に応え、歴史に耐えうる作品を収録するのはもちろん、新しい世紀を迎えるにあたって、既成の枠をこえる新鮮で強烈なアイ・オープナーたりたい。

その特異さ故に、この存在は、かつて文庫がはじめて出版世界に登場したときと、同じ戸惑いを読書人に与えるかもしれない。

しかし、〈Changing Times,Changing Publishing〉時代は変わって、出版も変わる。時を重ねるなかで、精神の糧として、心の一隅を占めるものとして、次なる文化の担い手の若者たちに確かな評価を得られると信じて、ここに「電撃文庫」を出版する。

1993年6月10日
角川歴彦

電撃文庫DIGEST　4月の新刊

発売日2021年4月9日

幼なじみが絶対に負けないラブコメ7 【著】二丸修一　【イラスト】しぐれうい	末晴の妹分だった真理愛が本格的に参戦し、混迷を極めるヒロインレースに、黒羽の妹たちも名乗りを上げる!? 不良の先輩に告白されトラブルとなった朱音を救うため、群青同盟のメンバーで中学校に潜入することに！
続・魔法科高校の劣等生 **メイジアン・カンパニー②** 【著】佐島 勤　【イラスト】石田可奈	達也が理事を務めるメイジアン・カンパニーは魔工院の設立準備を進めていた。そんな中、加工途中のレリックを狙う事件が勃発。裏に人造レリック盗難事件で暗躍した魔法至上主義過激派組織『FAIR』の影が……。
魔王学院の不適合者9 ～史上最強の魔王の始祖、転生して子孫たちの学校へ通う～ 【著】秋　【イラスト】しずまよしのり	《創星エリアル》を手に入れ、失われた記憶の大部分を取り戻したアノス。ほどなくしてサーシャの中に、かつて自身が破壊神だった頃の記憶が蘇り始め――？ 第九章《魔王城の深奥》編!!
わたし以外とのラブコメは許さないんだからね③ 【著】羽場楽人　【イラスト】イコモチ	「よかったら、うちに寄っていかない？　今日は誰もいないから」デートの帰り道、なんと有坂家にお邪魔することになった！　だがそこで待ち構えていたのは、待望のキス……ではなく、下着姿の謎の美女で……!?
男女の友情は成立する？（いや、しないっ!!） Flag 2. じゃあ、ほんとにアタシと付き合っちゃう？ 【著】七菜なな　【イラスト】Parum	ある男女が永遠の友情を誓い合い、２年半の歳月が過ぎた頃――ふたりは今さら、互いへの恋心に気づき始めていた……！　第１巻は話題沸騰＆即重版御礼!!　親友ふたりが繰り広げる青春〈友情〉ラブコメディ第2巻！
君が、仲間を殺した数Ⅱ -魔塔に挑む者たちの痕（きず）- 【著】有象利路　【イラスト】叶世べんち	「咎」を背負った少年は、姿を消した。そして彼を想っていた少女は、涙する日々を過ごす。だが《塔》の呪いは、彼女を再び立たせ……さらに苛烈な運命へと誘う。「痕」を負った少女・シアを軸に贈るシリーズ第二弾。
世界征服系妹2 【著】上月 司　【イラスト】あゆま紗由	異世界の姫・檸檬が引き起こした、忌まわしき妹タワー事件から数日。兄である俺は、相変わらず妹のお世話（制御）に追われていた。そんなある日、異世界から檸檬を連れ戻そうと双子の美人魔術師がやってきて――!?
新作 **家出中の妹ですが、バカな兄貴に保護されました。** 【著】佐々山プラス　【イラスト】ろ樹	大学進学を機に、故郷を離れた龍二。だが、実験飛行場での研究のため再び故郷に戻ることに。「久しぶりだなくそ兄貴」そこで待っていたのは、腹違いの妹・樹理。龍二にとって消し去りたいトラウマそのものだった。
新作 **春夏秋冬代行者** 春の舞 上 【著】暁 佳奈　【イラスト】スオウ	いま一人の『春』の少女神が胸に使命感を抱き、従者の少女と共に歩き出す。暁 佳奈が贈る、季節を世に顕現する役割を持つ現人神達の物語。此処に開幕。
新作 **春夏秋冬代行者** 春の舞 下 【著】暁 佳奈　【イラスト】スオウ	自分達を傷つけた全ての者に復讐すべく『春』の少女神に忠義を誓う剣士が刀を抜く。暁 佳奈が贈る、季節を世に顕現する役割を持つ現人神達の物語。

SWORD ART ONLINE
ソードアートオンライン
川原 礫
イラスト／abec
「これは、ゲームであっても遊びではない」
《黒の剣士》キリトの活躍を描く
究極のヒロイック・サーガ！
電撃文庫